資産一〇〇〇億Gの大富豪、溺愛ハーレムをつくる
愛内なの
Nano Aiuchi
illust: TOYOMAN
KiNG novels

従順な側付きメイド
ネイ
気さくなお姉さん
フラウラ

有能なお嬢様
ロディア

「あ……で、では……キスを、
いただけますか……？」
夢中で交わす口づけ。
じっくりと交わり続ける肉棒と襞の連なり。
身体の芯から熱せられ、汗がじわっと浮かび上がる。
ネイもじっとりと汗ばんで、
艶やかな肌がより淫らに光り輝くようになる。
「ふ、ふぁ！　あ、あ、あっ、レオン様っ……！」

資産1000億Gの大富豪、溺愛ハーレムをつくる

愛内なの
illust：TOYOMAN

KiNG novels

資産一〇〇〇億Gの大富豪、溺愛ハーレムをつくる

contents

プロローグ　大富豪の妻たち

民を支えるのに十分な広さを持つ領土。

肥沃な農地に、枯れることのない河川。

それらを整えるのには、十年単位での改革が必要だった。

治水の計画を立て、測量を行い、時に現地に赴いて作業の陣頭指揮を執る。

そうやって俺はなんとか、人が寿命を全うできる世界を、シンセと名がつけられた我が領土で作ってきた。

春は種を蒔き、夏は作物を育て、秋は収穫をし、冬は次の春を待ちつつ寒さをしのぐ。

人々は雨風をしのぐ家の中で暮らし、料理をして食事を摂る。

そんな当たり前の生活が、今はできている。

領土の中心に建っている、我が屋敷。

ただ広いだけでなく、機能性を追求した建物。

その、昼下がりの執務室。

領内の見回りから帰ったところで、部屋のドアがノックされる。

「失礼します、レオン様」

俺の名を呼ぶ彼女が、部屋に入り、ドアを閉める。

メイド服に身を包んだ彼女は、幼い頃からの側付《そばづ》きであり、今は俺の第一夫人でもある。

「見回り、ご苦労様でした。お怪我はございませんか」

「ああ、無事だ。それより、熊を二体仕留めた。下の者に、処置をしておくよう言っておいたが」

「それでしたら、料理長が肉包丁を持って、目を輝かせていましたので、お任せしておきました」

「なるほど、なら安心だ」

「はい。夕時には、皆様の腹を満たす鍋に変わっていることでしょう」

眉一つ動かさず淡々と話す彼女が、俺に近寄ってくる。

「狩りの後で、滾《たぎ》っているものと存じますが」

「さすがだな、ネイ。気配りが利く」

「私の口で、鎮めてよろしいでしょうか」

「頼む」

執務室の椅子に、深く腰掛ける。

足を開くと、その間にネイが跪《ひざまず》き、俺の股間へと顔を埋めてきた。

「失礼いたします」

慣れた手つきで、ズボンを下げるネイ。

ぶるんと音を立てて外に出た怒張へ、彼女の舌が触れてくる。

「ん……く……ちゅる、ちゅぷ……れる、れりゅぅ……」

ためらいのない、舌使い。

それと共に、彼女の両手も奉仕を開始する。

右手でゆっくりと竿を撫でられ、左手で玉の部分を絶妙な力加減でくすぐられる。

「ちゅ、ちゅぷ……レオン様、いかがでしょうか」

「いちいち俺の顔色を窺わなくていいぞ。奉仕を続けてくれ」

「かしこまりました。んく……くちゅる、ちゅぷ、ぴちゅるぅっ……」

ネイは普段から物腰が柔らかく、それでいて話し方は冷静で、あまり感情の起伏を外には出さないタイプの女性だ。

今も、俺のペニスを目の前にしながら、淡々と舌を動かし、奉仕を続けている。

「れぅれぅ、れりゅれりゅ、ぬちゅる、ちゅぷぷっ……くぷ、くりゅぅ、ちゅるぅっ……」

ただ、彼女の舌先は、熱い。

落ち着いた雰囲気の奉仕は、それでいて的確に俺の性感帯を捉えてくる。

竿の裏の筋張った部分をねっとりと舐め上げつつ、唾液を潤滑油にして指先で先端を撫で上げ、さらに肉棒が硬くなったところで、カリ首のへりへと唇を寄せて細かなキスを繰り返す。

焦らしているような、あるいは一つずつ着実に快感を積み上げていくような。

そんな極上のテクニックが、俺の背筋を震わせていく。

「ちゅむ、ぴちゅ、ちゅくっちゅくっちゅくっ……ぁふ……ああ……今日も、レオン様のおちんぽ、逞しく育ってまいりました。このおちんぽにご奉仕できる幸せは、なにものにも代えがたいです……♥」

「俺も、ネイからの奉仕だからこそ、安心して欲を前面に出せるというものだ」

「ええ。心地よさそうなお顔をされておりますね、レオン様」

「見ていたのか」

「上目遣いで、少々。無礼とは存じますが、レオン様の頬がほのかに赤みを増していく、その過程が大好きで、たまらないのです」

「……俺も、ペニスに舌を乗せただけで瞳を潤ませるネイが、たまらなく愛おしいがな」

「くすっ。お上手ですね。私を褒めても、何がどうなるということはありませんのに」

「いや。ネイを褒めれば、奉仕にもいっそう熱をこめてくれるだろう」

「……お褒めの言葉などいただかなくても、レオン様がお望みなら、そういたします」

下から上へ、竿を一舐め。

鈴口にキスをしたネイが、上目遣いに訊いてくる。

「咥えて、よろしいですね」

「ああ。頼む」

めいっぱい開かれた小さな口が、唾液を潤滑油にして、竿を飲み込んでいく。

粘り気を持った水音が一気に増幅されて、淫猥な空気が醸成されていった。

「んぷ、んぐ……くぷ、ぐぷぷっ……んぐ、んぢゅる……ずじゅる、じゅるるるるぅっ……」

竿が半分ほど隠れたところで、ネイがゆったりと頭を振り始める。

彼女が得意とする、じっくりとした奉仕。

背筋にじんわりと快感を流し込まれる、そんな感覚が心地いい。

「んく、くちゅる……れりゅ、れりゅ……ずじゅ、じゅぷ、じゅぷ、じゅぷっ……」

やんわりと窄まる唇。

緩やかにピストン運動をしていく顔。

少しだけ頬を内側にへこませつつ、一往復ごとに確実に舌を使い、竿を舐め上げてくるテクニック。

首に角度をつけてストロークをし、亀頭と上あごとの擦れ方も変えてくる。

単調な刺激にならないよう、工夫と誠意のこもった奉仕が続いていく。

「んぅ、んぢゅる……れぅ、れりゅ、ちゅぷ……んっ……んぅ……」

それに加えて、先程からの、この上目遣いだ。

俺の様子を窺いながら、奉仕が的を射ているか、きちんと感じているかを適宜確認する、彼女の気配り。

かくあるべき、という完璧な奉仕を、ネイが進めていく。

「んぐ、ぐぷ、ぷぢゅるぅっ、じゅるっ、じゅぷぷっ、じゅぷぷぷっ……んぅ、れぅ、れりゅ……ぁふ……レオン様、いかがでしょうか。私の口淫は、きちんとレオン様の快感へと繋がっておりますでしょうか」

「何も問題はない。続けてくれ」

「かしこまりました。では、いかように……？」

「少し、強めてくれるとありがたい」

「……♥　では……少々、奥まで、咥えさせていただきますね……」

口腔をいっぱいに広げつつ、ネイがまた俺の股間に顔を埋める。

今度は、深く。喉の奥まで使った奉仕。

粘っこい水音が立つたび、彼女のブロンドが揺れる。

「ぐぷ……ぐぷぷっ、ふぐ、んぐむぅ……！　ふぐ、ぐぷぷっ、ずぷぷぷっ、ずじゅるるるぅっ」

ストロークが大きくなる。そのぶん、純粋に得る快感が大きく、強くなる。

亀頭に当たる喉奥の感触が、更なる快感を呼び込んでくる。

それなのに、奉仕の精度は変わらない。愛撫の的確さは、むしろ増している。

「んぐぐっ、ぐぷぷぷっ……！　ずじゅるるるっ、ずじゅりゅりゅぅ〜〜っ……！」

舐める、しごく、ではなく、啜《すす》るという奉仕の仕方。

唾液を巻き込みながら、淫らな音を立てて、唇が竿を擦り上げていく。

「ふぐっぐぷぷっ、んぐ、ぐぢゅるぅっ……ぐぷ、ぬぢゅる、ぬぢゅるぅっ、ずじゅるるるぅっ」

念入りかつ執拗な奉仕に、俺も理性が溶けていく。

「っ……いいぞ、もっとだ」

「んぐぐっ？　ひ、つぐぅぅぅううう〜〜っ！」

じわじわと積み重なる快感だけでは物足りなくなり、彼女の頭に手を置いて、手前に引き寄せてしまう。

ネイは一瞬苦悶の表情を見せるものの、俺の欲を正面から受け止め、さらに舌を使ってくる。

「つぐ、んぐぐっ、ぐぷっぷぢゅるぅっ、ずぷ、ずぷ、ずぷぷぷっ、じゅぷっじゅぷぷぷっ……んれぅれりゅぅ、ぐぢゅる、ずぷぷぷっ、ずじゅるるるるぅぅぅぅぅぅ～～～っ！」

ペニスの先端で喉の奥を小突いても、彼女の舌と唇は止まらない。

むしろ、自分から喉奥を差し出して、鈴口を擦り上げてくる。

段々と、腰の震えが制御できなくなってくる。

恐らく彼女の口の中で、俺はもう、先走りを溢れさせていることだろう。

「ふぐっぐぷぷっ、ふー、ふー、ふーっ……ん、ぷぁ……！　レオン様、そろそろ……」

「ああ。出させてくれるか」

「はい。溜まってしまった精液、しっかりと私のお口に出してください」

「このまま、いいんだな」

「もちろんです。レオン様の精液は飲み応えがありますから、ご奉仕のし甲斐があります。精飲は、私がメイドとして、最も幸せを感じる瞬間の一つです」

献身的な奉仕の中に、自分の欲を紛れ込ませつつ、ネイがスパートをかけてくる。

俺も我慢することなく、膨らみつつある射精欲に身を任せていく。

「では、このまま最後まで、咥え続けさせていただきますね……んぐ、ぐぷ、ぷぢゅるぅぅっ……

「ずぷ、ずぷぷっ、ずじゅるぅ、ぢゅるるるぅっ……！」

唇だけでなく、舌まで竿に吸いついてくる。

上あごでカリ首を擦りつつ、舌先で裏筋から鈴口までを一気に舐め上げ、喉の奥で亀頭を咥えて揉み込んでいく、激しい口での奉仕。

指先も変わらず、右手で竿の根元を、左手で玉を刺激し、フェラチオの快感を増幅させていく。

「じゅぷ、じゅぷ、ぐっぷぐっぷ、じゅっぷじゅっぷずっぷずっぷずっぷずぷぷぷッ……♥」

リズミカルになるストローク。

独立した生き物のように蠢く舌先。

苛烈に窄まり、竿を舐《ねぶ》ってくる唇。

心地よい快感の全てが、俺に射精を促してくる。

「じゅる、ぬぢゅるぅっ、ぷぢゅっぢゅぷぷっぢゅるっぢゅるるっぢゅりゅりゅりゅりゅりゅぅっ」

「……っ……出すぞ、ネイ」

改めて、喉奥を差し出してくるネイ。

そこを子宮口に見立てて、俺は鈴口をぴったりと喉粘膜に密着させ、欲を解き放つ。

「ッ！　ふぐッ、んぐぅぅぅうぅ……ッ！」

精が噴き上がる衝撃に、ネイがほんの僅かに目を見開く。

ただ、それも束の間の出来事。

彼女はほとばしる俺の精子を口腔で受け止め、ゆっくりと喉を鳴らしていく。

ペニスが脈動して、白濁とした液体が飛び出すたび、細い首の内側が、こくこくと動く。

「……つく、こく、んぐ、んきゅ……んぢゅるぅぅぅうっ……ずじゅるるるぅ……っ！」

爆発的な射精の勢いが下火になると、ネイはこれまた丁寧に、尿道に残った精を全て吸い上げていく。

その唇の動きが絶頂の波に追い打ちをかけ、さらに大きな快楽を生んでくる。

「ぬぢゅる、ぢゅるるるぅ……ん、んく……んぐっ……っ、ふ……ぁふ……」

ちゅぽん、と音を立てて、ペニスがネイの口から離れた。

僅かに白く濁った唾液のアーチが、鈴口と彼女の口元に掛かってしまう。

また一つ、二つと、ネイが口元を押さえて、何かを飲み込む仕草を見せる。

それは彼女が、俺の精液を残さず体内にしまい込む行為に他ならなかった。

「……拙《つたな》い奉仕で、射精していただき、ありがとうございます。こんな私でよろしければ、いつでもお使いください」

圧倒的な性の技量を持ちながら、謙虚に振る舞うその姿が、今の俺には愛おしく映る。

いや、昔から愛おしい女性であり、今もなお愛おしさが増しているわけだが。

だが……。

そんな素晴らしい彼女が、私でよろしければ、と一歩下がるのには理由があった。

ネイの夫である俺は、ここ、シンセの地の領主だ。

今や資産は１０００億G《ゴールド》を超え、盤石の体制をもって領土の運営をしている。

そして、ネイはそんな俺の第一夫人だ。

わざわざ第一と名付けるのには、単純明快な理由がある。

第二、第三の夫人がいるからだ。

第二夫人が、竹を割ったような性格の快活なお嬢様、ロディア。

第三夫人が、ふんわりとした雰囲気ながら、芯のある性格のフラウラ。

数字の順が示すような序列は、彼女たちにはない。

俺も三人の妻に等しく愛情を注ぎ、精を注ぎ、毎日を暮らしている。

「ネイ。今、お前の喉に精を浴びせて、一時は鎮まったが、夜にはまた滾りそうだ」

「はい」

「仕事が終わり次第、ロディアとフラウラを俺の部屋に呼んでくれ」

「……はい」

いつも冷静なネイだが、俺に返事を返す際の間で、彼女が勘違いしているのがわかった。

ネイは、感情がないわけではない。

あまり感情を表に出そうとしないだけだ。

なので、心が大きく揺れたときは、今のように少しだけ外にこぼれ、微妙に背筋を震わせたり、肩をすくませたりといった仕草となって現れる。

今の彼女の仕草には、寂しいです、という感情が含まれていた。

「早合点するな。ネイ、お前も一緒だぞ」

「……よろしいのですか。私も、お情けを頂戴して」

「もちろんだ。口だけでなく、女陰にも精を浴びせないと、ネイの欲が収まらないだろう」

俺の妻は、才女揃いだ。

しかも、並外れた俺の精力を受け止めるだけの心と身体を持っている。

そして本人たちも、精を受け止めたいと常々思っている。

別の言い方をすれば、俺の妻は誰もが程よく淫らだ、ということになる。

「お心遣いありがとうございます、レオン様。では、また夜にお伺いします」

軽くお辞儀をして、俺の元から離れていくネイ。

「どこへ行く」

「お台所のお手伝いに行って参ります。大鍋のお料理は、人手がいくらあっても足りないでしょうから。それに……」

いつも冷静で、表情を崩さないはずの彼女の頬に、紅が乗る。

今、含まれていた感情は、若干の恥ずかしさだった。

「……夜に、レオン様の種をいただけるのであれば、熊鍋で滋養強壮を、と思いまして」

「はは、なるほど？」

「働かざる者食うべからず、と申します。では、失礼します」

部屋の扉が閉まる。

いつもより速い小走りの足音が、廊下から聞こえ、遠ざかっていく。

そして数分も経たぬうちに、立て続けに部屋に入ってくる、俺の妻たち。

「これはなんの騒ぎですの？　板場がまるでパーティーを開くときのように賑やかですの！」

執務室の机に身を乗り出して、ロディアがきらきらした瞳を俺に向けてくる。

「あらあら～？　レオン様の手から、ほのかに獣の血の香りがします～。これは、熊さんを仕留めて、血抜きをしたときの返り血でしょうか～？」

ふんわりした物腰で、フラウラが俺に顔を近づけ、すんすんと鼻を鳴らしていく。

「ロディアちゃん、私たちもお手伝いに行ったほうがいいんじゃないかしら～」

「そうですわね。善は急げですわ、行ってみましょう！」

賑やかに遠ざかっていく、ふたりの足音。

平和な、そして幸せな昼下がり。

ただ、この幸福を手にするには、相応の苦労もあった。

英雄譚に記されるような綺麗事ばかりでは済まない、命の駆け引きもあった。

それを乗り越えたからこそ、今の俺がある。

三人の妻という、言わば極上のハーレムの中心に俺がいる。

――これは、シンセ一の、あるいは世界一の幸せ者であるレオンの、成り上がりの物語。

あるいはネイ、ロディア、フラウラという、趣の異なった三人の女性との、蜜月の物語だ。

第一章　ハーレム生活の始まり

レオン・アルムフォート。

一応は貴族である、子爵家の長男として生を受けた俺の名が、これだった。

実家の領土であるシンセは、こぢんまりとした土地だ。

大国の首都から港へ抜ける途中にある土地なので、宿地、あるいは物流の要衝としての機能が備わってはいるものの、実のところは何の特徴もない。

ただただ、旅人や商人が一晩だけ身を休めることができるだけの田舎町だった。

それでも、俺の両親が人格的にはできた人間だったこともあり、それなりに領地の財政も逼迫はせず、極端に寂《さび》れはしていない。

しかし、所詮は田舎町。

俺が産まれる前のシンセは、周辺の大きな街や、それこそ港町に比べれば、生活水準は雲泥の差だった。

そう、俺が産まれる前までは、だ。

俺という人間が、前世の俺という記憶を持ったまま誕生するまでは。

物心がついたときから、自分は他の人間とは違う、という認識があった。

成長するに従って、だんだんと頭の中が整理されてきた。

それと共に、自分が他の人間とどう違うのかもはっきりしてきた。

小さい頃から、親が教育係としてつけてくれたモリスという爺さんがいる。

子爵家の跡継ぎであれば、これくらいの教養は必要ですぞ、と教鞭と振るう爺さんの口から出てきた知識のほとんどを、俺はすでに知っていた。

むしろ、シンセにまつわる歴史と地理以外は、モリス爺さんの知識はまったくもって古くさいものだった。

俺の頭に残っている前世の記憶。それは、日本という国で生活する上で必要な知識だった。

デジタル機器やら通信技術やらに囲まれて育った記憶も、確実に残っている。

生活を豊かにするためにどのような技術が確立したかなんて、義務教育で嫌というほど教え込まれた。社会人になってからだって、研修などでインフラの必要性について、さんざん説かれたし。

それらはどれも、テストのため、試験のためにと、むりやり頭に詰め込んだ知識だ。

が、そんなものでも、ここシンセでは役に立つ。

とどのつまり、俺は転生者なのだ。

産まれる直前、背に光を纏った女神と名乗る女性を見た、そんな記憶すら鮮明に残っている人間だ。

女神からは、何も言われていない。

厳密には、何かしらの使命やら命令やらを託されていたのかもしれないが、記憶にないので気に留めなくていいだろう。

つまり、アルムフォート家の跡取りとしての自分は、二度目の人生ということになる。

生を受けたシンセの土地は、ITはもちろん、蒸気機関すら発明されていない、未発達の土地。

ともすれば、前世での小学生時代にやった理科の実験ですら、この国では最新技術の範疇だろう。

記憶がおぼろげで詳細などわからない知識でも、概要をなんとなく知っているだけでも充分に役に立つ。

俺はそのまま齢《よわい》十二を数えるまで成長し、ある程度の発言権を持つようになってから、いよいよ行動を開始した。

といっても、別に国を変えようだとか、この世を支配するだとか、そんな大それたことではなく、純粋に自分の生活を楽に、そして安全にするためという意図だった。

そんな俺なので、最初のころは何をするにも奇異の目で見られたものだ。

親にだって、この子はいったい何を言い出すんだろうと、困惑の顔を向けられた。

ただ、数年が経ち、結果が伴ってくるとそれも違ってくる。

奇異の視線は驚きに、困惑の表情は期待へと、それぞれ変化していった。

まずやったのは、汚物関係。言い換えれば、トイレ周りだ。

現代人だった俺からすると、これがまず我慢ならなかった。

シンセの町民も農民も、し尿に関しては中性後期のヨーロッパ並みに無頓着だった。

最初に、領民たちに小便や糞便をところ構わず捨てることを止めさせた。

家ごと、あるいは集落ごとに汲み取り式のトイレを設置し、し尿を集める仕事を公務として設置させた。集めたし尿は、農場に設置した肥溜めに押し込み、堆肥へと変化させ、文字通り田畑の肥やしとした。

町がし尿で汚れることもなくなり、川の水が茶色く濁ることもなくなり、畑の土壌は改良され、まさにいいことずくめの施策だった。

トイレの一件で信頼を得た俺は、次には水回りの改良に着手する。

井戸から木桶で水を汲むのが普通だったが、そんな余計な力を使うのは効率が悪すぎる。

まずは木枠で手押しポンプを試作し、利便性を示した。

その効果でポンプの仕組みを理解してもらった後は、きちんと鋳型を作り、各家庭へと普及させていった。

もちろん、新しい井戸の掘削にも力を入れた。

その副産物として、適度な温度の温泉を掘り当てたこともあった。すぐに周辺を整備し、岩風呂を組み上げて小屋を建て、浴場施設として立ち上げ、町民に解放した。

その温泉の湯を町まで引き込み、宿に泊まっている人たちにも使ってもらうことで、シンセの町には、旅の疲れが取れる温泉宿という付加価値が加わった。

汚物処理の組織化、上水道整備を経て、さらに衛生面を集中強化する。

次に着手したのは、石けんの普及だ。植物油と灰さえあれば作れるので製法も難しくはない。これ一つで手の汚れが瞬《またた》く間に落ちるという触れ込みが回ると、土仕事をする人たちはもちろん、製鉄所、窯元、炭職人など、愛用者はみるみるうちに増えていった。

衛生という観点からは、アルコールの製造も欠かせなかった。井戸用のポンプ製作で潤った製鉄所に、さらに職人を呼び寄せて、蒸留器を作らせる。それを段組にすることで蒸留塔を完成させた。

そうして作らせた高濃度のアルコールを医療の現場に持ち込み、感染症などへの対策とした。貴重な医者の身を守ることは、民の健康へと繋がり、ひいては町の力、国力の増加へと繋がっていく。

またまた副産物として、開発から数年後には、畑で収穫した大麦と蒸留技術を組み合わせることで、ご当地ウイスキーが誕生したのも嬉しいことだった。

それが旨味のある商売となったことも、付け加えておく。

こうした技術革新を行う一方で、俺はもう一つ気になっていた、領土の警護問題も組織化していった。

この町にも、小さな冒険者ギルドはあった。荒くれ者たちが集い、獣退治、モンスター退治といった荒仕事を一手に引き受けてくれている。だが所詮は寄せ集めであり、流れ者の集団だ。土地に愛着がなければ、いざというときには腰が引けてしまい、逃げ出す者も多い。

これだけではいけないと、自分が陣頭指揮を執って自警団を組織した。

幸いなことに、俺は転生を経験している。こういう場合は、戦闘能力でも周りより優れた能力が備わっているのが常だ。

自分の場合、いわゆるチート能力は、単純に筋力に現れていた。

周りの人間が苦悶の表情を浮かべてやっと持ち上げられるレベルの武器を、俺は軽々と操れた。前世で多少ジムに通い、トレーニングの知識もあったので、どこをどう鍛えれば身体のどの部位に筋肉がつくかを把握していたのも大きい。

剣術、槍術を一通りこなした後、俺は弓の腕を磨いた。

有事の際は、いかに有効な先制攻撃ができるかが重要になってくる。

人間対人間の戦争も然《しか》りだが、シンセという小さな町で大がかりな激突が起こることは、立地的にもあまり想像できない。むしろ日々、民の生活を脅かす獣やモンスターとの戦いが主になる。

馬に乗り、長弓の弦を常人の倍ほどの力で引き、真っ先に獣の急所を射貫く。まずはこうして、俺が、獣やモンスターを恐れず、どう駆除していくかを民に、実例を持って教えていく。

それからは、牽制《けんせい》用の槍と、殺傷力の高い弓によって民の武装を整えた。

よほどのことがなければ、自分が出て行かなくても済むような体制を作り上げたのだ。

ここまでで、期間は三年ほど。

一つの問題を確実に解消したら、その上で素早く次の問題へと取り組んでいく。

このように、積極的な姿勢を崩さずに働いていると、随所に成果が現れてくる。

それが親からの信頼に繋がり、ひいては領民を管理する庁舎の人間の信頼へと繋がっていった。

この頃になると、既に俺は領主である父からも全権を委任されるようになっていた。

そこで次の目標として、五カ年、十カ年計画を立てる。

し尿以外にも、洗濯や料理をすれば当然生活排水はでる。また、工房の排水などが流され、井戸の近くに染み込めば、途端に水質が落ち、飲み水が不足してしまう。

それらをまとめて解決するにはやはり、大仕事ではあるが、下水道の整備が急務だった。

主要な町並み、そして生産地帯に、緩やかに角度をつけた下水管を張り巡らせる。ろ過装置と微生物による排水処理施設も組み込んだ。

豪雨で下水が溢れ、処理施設が全て水浸しになったこともあったが、遊水池の建設などを経て、年単位でそれを改良し、どうにか実用にこぎつけた。

やっとのことで上下水道を充実させ、衛生面でも石けんやアルコールによって進化を遂げた。そのことで、大きく変化したのが乳幼児の生存率だった。

これまでは、身分が低ければ低いほど、赤ん坊も母体も死亡率が高かった。

特に下層の農民は無事に成人した子供のほうが少ない始末だ。だが昨今は母親が命を落としたという報告は滅多に聞かないようになり、子供の死亡率も一割に満たないくらいに改善している。

そう。

人は、力だ。

若い者が多ければ、町も活気づく。子のため、未来のためという意識が、町全体にじわりじわりと広がっていく。

もちろん、施策は緩めない。この勢いを止めたくない。

そこで、助産師の教育を始めた。

俺のような貴族にしかつかなかった、産婆というシステムを、全層に広めるためだ。

そこから発展させて、産婦人科という医療のカテゴリを創設。

出産の瞬間だけでなく、妊娠の兆候がある女性に等しく定期検査と精神的なカウンセリングを行うようにした。

つわりが起きた女性は、力仕事はさせない。洗濯など、無理な体勢を長時間強いる労働も、極力周りの人間が手伝うように指導する。

もちろん、そのぶん本来の仕事ができなくなり、減ってしまった分の収入は、町の財政から補助金を出す。いわゆる産休制度と育休制度だ。

産めよ増やせよ。母ちゃんの身体は大切に。

その基本理念は、民の間でも評判は上々の上々だ。

子育て制度が充実していると噂が流れると、徐々にシンセの町に移住を希望する民も出てくる。元の戸籍を確認し、身元が明らかになった人間はすぐに受け入れ、そうでない流浪の民には、若干の監視期間を経た後に『罪を犯したときには、シンセの法に基づいた裁きに従う』といった誓約書に一筆書いてもらうことにしている。

子どもたちが増え、移民もあって人口が増えれば、働き口も必要になるし、そのぶんの食料も不可欠だ。よって、各家の跡継ぎではない次男以下の人間や移民たちには、積極的に開墾や治水の作業にあたってもらっている。

新しい畑にはまず、溜め込んできた肥料で農地改良をする。同時に作物の品種改良にも着手して、冷害や干害に強い種を模索する。野菜や果実も、よりえぐみが少なく甘みの多い種を目指していく。

そんな思いつくままの数々の施策が実を結び、領内の民の暮らしが保証されてきたら、今度はそれを外に向けて発信することに着目した。

力の注ぎどころは、幹線道路の整備と、自警団の警備網のさらなる強化。

主に行商人を保護し、シンセで安心して商いができるように取り計らう。

そのぶん、商人の売り上げから若干の関税をいただくことになるが、そこは匙加減を間違えず、ボディガードに傭兵を雇うよりも安く済む程度の軽い税率に設定する。

ここまできて、ようやく人が人として生きていける環境の下、人が働き、物流が回ることで食料と金が生み出されていくシステムが確立された、といえる。

金が生み出されれば、シンセの財政もさらに落ち着いてくる。

そのまま順調に発展は続き、さらに数年が経ち、俺もなかなかにいい歳になっていった。


そうして落ち着いてくると、頭をフル回転させなければならない場面も少なくなり、個人の趣味に走る時間ができるようになっている。

趣味とはいっても、アルムフォート家の嫡男としての考えは捨てられない。

趣味ももちろん、領土の利益になるものであったほうがいい。となれば……。

「狩りに行ってくる」

館の者たちにそう告げて、愛用の剣を腰に佩く。

転生者御用達の、自分専用のチート武器、というものだ。

この剣の能力は、単純明快だ。どんな風に扱っても折れないどころか、刃こぼれもせず、ヒビ一つ入らない。それだけだ。

だから、自分の膂力を最大限に解放できる。

普段は周囲の人間を驚かすまいと、並の人間の倍程度に力を抑えている。が、ソロプレイとなると話は別だ。

倍どころか四倍、八倍の膂力で、強力な獣、そしてモンスターを相手に、剣を振るう。人間離れした力とスピードで太刀を浴びせ、確実に急所へと刃を立てていく。

こうして『狩った』モンスターは金になる。

毛皮はもちろん高級品だし、剥製にすれば悪趣味な商人が買い取っていく。中には皮膚や鱗が宝石の輝きを持つモンスターもいるので、狩れば狩るほど、名品珍品がべらぼうな値をつけて売れていく、という構図だ。

リアルタイムにモンスターを狩り、レア品を見つけては売りさばく、前世のゲームのようなプレイは楽しかった。

ただ、あまりにも自分のチート能力を使いすぎると、ある弊害が起こる。力のみならず、増幅されてしまうものがある。

それを解消するために、俺の屋敷には、とある女性がいる。

ネイという、メイドだ。

年齢は俺より五つ下。ストレートのブロンドと、落ち着いた物腰が特徴だ。

彼女は、辺境の領主であるアルムフォート家に比べても、さらに小さな貴族の家の出だった。

例えるなら、俺が小大名で、ネイの父は馬廻《うままわり》といったところか。

それでも、貴族としての血は確かで、最低限の素養は身につけているし、彼女自身の地頭もいい。

メイド服に身を包んでいるのは、本人曰く、家同士の上下関係を明確にして、主である俺に無礼を働かないと形で表現している……という理由らしい。

仮にも貴族が、そこまでしなくていいだろうと思う人間もいるかもしれないが、そこはそれ。

ところどころ肌の露出が多い、若干扇情的なメイド服を着こなしているネイは、女性として十二分に魅力的だった。

「お帰りなさいませ、レオン様。ご無事でなによりです」

狩りを終え、屋敷に帰ると、決まって彼女が出迎えてくれる。

「汗を落とす。湯浴みをしたい」

彼女に短く、願望を告げる。

「わかりました。準備はできておりますので、お風呂場へどうぞ」

彼女も短く、俺に返答する。

ここまでは、主とメイドの間の、普通の会話だ。

ただ、ここからが、ネイの本当の役目になる。

「お供いたします」

彼女はためらいなく、脱衣場に入ってくる。

慣れた手つきで俺の胸当てを外し、鎖帷子を脱がせる。

下着をずらし、裸にし、どうぞ、と風呂場へと俺を誘う。

「では、失礼します」

ネイが、身体を洗ってくれる。

丁寧にお湯をかけ、軽く汗を流した後、石けんで全身をくまなく包み込んでくれる。

それも、スポンジ代わりのへちまのようなものや、タオルは使わずに、彼女の指で。

胸板から二の腕へ。肘の裏から手の指の間まで丁寧に。腕が泡まみれになったら、脇腹、そして腰。ゆるゆると指を滑らせつつ、太ももからつま先へと石けんを泡立てる。

……そして。

「レオン様。溜まっておいでですね」

つぅっと、股間のモノを指先でひと撫でして、上目遣いのネイが尋ねてくる。

もちろん、と返すと、ネイが指先で輪っかを作り、竿をやんわりと包み込んでくる。

「では、まずは一度、ここで抜かせていただきます」

俺の怒張を包んだ彼女の右手が、ゆるゆると上下し始める。

少しずつ湧き起こってくる快感に、俺は身を任せていく。

生まれ変わったときに、そういう体質になったのか。あるいはずば抜けた膂力の反動か。

とにかくこの身体は、性欲が強ければ精力も半端ではない。

特に、狩りのあとのように力を使ったときは、反動のように下半身が疼く。

戦闘時に全身の筋肉に送り込んでいた血の勢いをすぐに抑えることができず、結果、余った血液が一気に海綿体へと流れ込んでいるからかもしれない。

「レオン様」

ネイの顔が、近づいてくる。

中腰のまま、彼女の唇を味わう。

「ん……ふ……っく、ちゅ、ちゅぷ……」

程なく侵入してくる、小さな舌。入念に口腔をかき混ぜ、俺の舌を絡め取ってくる。

キス一つとっても、彼女のテクニックが丁寧で細やかなのがわかる。

「ちゅく、くちゅる……ぁふ……レオン様、ご要望がございましたら何なりと」

「今のままでいい。ネイ、お前の唇と指先を楽しみたい」

「かしこまりました……ん、れぅ……ぴちゅ……ちゅくくっ……」

手コキ、そしてキスの、基本的な愛撫が続く。

右手の動きは器用で、ゆるゆるとしごいていたかと思うと、石けんの泡を巻き込みつつ手のひらで亀頭を撫でたり、中指で鈴口をくすぐったりと、俺を飽きさせない工夫が随所に見受けられる。

キスも唇だけに留まらない。うなじ、耳たぶ、首筋と、彼女が触れられる場所のいたるところに小さく控えめなキスマークがついていく。

「レオン様……ん、れぅ、ちゅ、ちゅくっ……」

基本に忠実で、奇をてらうようなことはしない、控えめな愛撫。

ただ、そのぶん精錬された手や舌の動きは、確実に俺の快感へと繋がっていく。

それに加え、ネイはしなだれかかるようにして身体を密着させてくる。

柔らかな胸が、俺の二の腕に押し当てられ、形を変えている。細い腰や太ももの滑らかな肌感も俺へと伝わってくる。

手コキという直接的な快感に加え、身体の密着や、間近に感じる吐息といった、触覚と視覚を併せ持った刺激が、俺の身体の芯をじわりじわりと温めていく。

熱心な愛撫からは、慈愛の精神すら見えてくる程だ。

「ちゅ、ちゅぷ……んっ……どうなさいましたか、レオン様」

「……いや。ネイも、上手になったものだと」

「レオン様のペニスで、研鑽を積ませていただきましたので」

淡々と喋る彼女だが、言葉の節々に熱が篭もっているのがわかる。

彼女が俺に少なからず好意を抱いていることは、承知している。

元はといえば、俺の過剰な性欲に対し、奉仕によって解消を図ってみてはと提案したのもネイのほうだ。

最初は、拙《つたな》い仕草だった。指先の力加減もわからずに、何度かペニスを握りつぶされそうにもなった。ただ、ネイはそこで引かず、自分の身体が俺の役に立てればと、徐々に性の技を身につけていった。

やむなく自分で処理するときの快感と、誰かの奉仕を受けながら抜いてもらう快感とでは、質も量もまったく違う。

ネイがペニスを射精に導けるようになってから、俺はもう、溜まったときには彼女を呼び、その奉仕を進んで受けるようになった。

初めてのときは、そのしなやかな手でしごかれ、精を放った。

勢いよく頬にまで飛んだ精液を見て、目をまるくさせたネイを、俺は今でも覚えている。

あれ程までに驚き、かつ興味津々な彼女は、今も昔も見たことがない。

思えば、それで彼女に火がついたのだろう。

程なくして、ネイは口での奉仕も身につけた。舌と唇が、男への奉仕では決定的に役に立つ器官だということを、その身で理解してくれた。

はじめて彼女が精を喉で受け止めたときには、ネイはもう、その白濁とした塊を女性の芯で受け止める快楽を想像し、頬を紅潮させていた。

「……先程から、含み笑いをされて……レオン様。何をお考えですか？」

「奉仕の上達ぶりに感心した流れで、ネイと過ごしてきた年月を、男女の営みの面で思い出していただけだよ」

「……さらりと、恥ずかしいことを仰るのですね」

「あれ程までに交わりを繰り返しても、まだ羞恥の心があるのかな」

「はい。顔にあまり出ないだけで、レオン様のペニスに快楽が溜まり、張り詰めていく様などを目の当たりにいたしますと、心が高鳴り、平常心ではいられなくなります」

情欲の色が、瞳の奥で揺らいでいる。

もちろん、彼女は秘芯を使った奉仕も身につけている。

男性器を受け入れるのは、俺のペニスが初めてだった。

それこそ最初は、破瓜の傷みで奉仕どころではなかった。

ただ、ネイはすぐに二回目を求めた。三回目には自ら腰を振ってきた。

飽くなき性への探求と、慈愛の精神をも感じる俺への奉仕、そこに彼女自身の淫らさが加わり、ネイの魅力はどんどん増していった。

「……レオン様、今日も……レオン様のたくましい精液を、くださいませ」

ネイの右手が、本気を出す。

直線的なしごき方ではなく、しなりを加え、竿を根元から擦り上げていく。

ちゅくちゅくというリズミカルな音が、俺の興奮をさらに煽っていく。

「……出るぞ」

短くそう伝え、欲望を解き放つ。

射精欲を抑えず、腰の震えに任せて、上を向いた鈴口から精を吐き出していく。

ちょうどその上にあったネイの頬に、びしゃっと音を立てて白濁液が降り注ぐ。

彼女は表情を変えずに最後まで受け、そして頬についた精のほとばしりを指ですくい、そっと唇の奥にしまい込んだ。

「ん……んく……ちゅむ……っ、今日も、濃厚で、美味しゅうございます」

俺の性欲処理を、自ら買って出たネイ。

彼女が身体を差し出すようになってから、一年二年ではすまない年月が経っている。

それでも、飽きることはない。むしろ、身体を重ねれば重ねるほど、彼女と息がぴったりと合って深い快感を得ることができる。

「ネイ」

「はい」

「まだ足りない。もう一度頼むよ」

性欲旺盛なペニスは、一度の射精では満足しない。

むしろ、次を求めてさらに勢いを増している。

「このまま、なさいますか。それとも……」

「場所を移そう。俺の部屋に来てくれ」

「……………」

「どうした、不服かな？」

「いえ。レオン様のお部屋で、私はどのようにすればいいのかと」

「今日は、半端な快楽では満足できなさそうだ。ネイ、お前自身が欲しい」

女陰を差し出せと、ネイに伝える。

対して彼女はいつもの冷静な表情で、しかし僅かに頬を染めて、首を縦に振る。

「はい。承りました」

軽くキスをした後、ネイが身体の泡を流してくれる。身体を拭いた後は再びメイド服姿となったネイとふたりで寝室に向かい、ベッドへと身を預けていった。

横たわった俺の上に、ネイが乗る。

自然に足を開き、自身の女性の穴へとペニスを誘い込む。

俺も、そしてネイも、早く繋がりたいという欲を溜め込んでいたので、ここまでの一連の動作は、非常に無駄のないスムーズなものだった。

「いきなりで、いいんだな？」

「はい。レオン様の手は煩わせません」

亀頭が、小さな割れ目にあてがわれる。

それだけで、にちゅりと湿った音が立つ。

「……お聞きのように、もう、私の女陰は濡れそぼっておりますので」

「凄いな」

「レオン様のおちんぽの熱をこの手で感じ取り、ひとかけらとはいえ精液を飲みました。もう、それだけで、私の身体は太くたくましいもので貫かれる準備を整えてしまうのです」

ネイの口調は、変わらない。

睦言の最中でも淡々と、努めて冷静に話してくる。

ただ、彼女の興奮の度合いは、俺に伝わっている。

女陰の濡れ具合からも、口の端から漏れる息遣いも、確かに彼女がその気になっていることを示しているが、それよりも。

ネイは、淫らになるとき、ペニスのことをさらに卑猥に『おちんぽ』と呼び始める。

「……では、まいります。んっ……！」

角度を調整しつつ、ネイが腰を落としていく。

僅かな抵抗感のあと、膣口が広がった瞬間、するりと竿が埋もれていく。

「んぁっ……！　ふ、ふぁぁぁっ！」

思わず、艶のある声を漏らすネイ。

彼女の膣内は熱く、蜜がどっぷりと溢れていて、どこまでも深く吸い込まれていきそうな感覚に陥る。事実、俺のペニスは根元までしっかりと咥え込まれており、竿全体が余すところなく細かな肉襞に包まれている。

「っ……レオン様、ありがとうございます。ここまで私に興奮してくださって、おちんぽを太く大きくしていただいて……」

「ネイの奉仕を受けていたんだ。当然だ」

「くすっ。そう仰っていただけると……ご奉仕も、しがいがあるというものです」

緩やかに、ネイが腰を使い始める。

これ見よがしな上下運動ではなく、腰を擦りつけるような前後運動。

「んっ、ふ……んくぅっ……はっ、はぁ……んぁっ……」

風呂場の手淫と同じで、女陰を使った奉仕でも、彼女の動きに派手さはない。

そのぶん、細かな腰の揺らめきが着実に快感を運んでくる。

俺の胸に手をつき、前後に身体を揺り動かす彼女。そのたび、膣内で亀頭が揉みくちゃにされ、カリ首が膣壁に擦れていく。

その刺激に若干の慣れが出始めると、今度は横の動きも加えて、腰で円を描いてくる。

亀頭が揉みくちゃにされるのはそのままに、今度は膣口が竿の根元を舐《ねぶ》ってくるようになる。

「……ネイは、上手だな」

「くすっ……レオン様に褒められるなんて、光栄です……」

笑みを浮かべ、前傾姿勢を取るネイ。

唇を合わせてきたので、舌先でそれに応える。

ちゅぷちゅぷと音を立てて、ふたりの舌がじゃれついていく。

もちろん、彼女の腰は止まることなく、俺のペニスにじっくりと奉仕を続けていた。

「ん、ちゅ……れぅ、ちゅぷ……っ、ふぁ……♥」

彼女の吐息に、本格的に色が乗り始める。

ネイの淫らな腰使いは、俺を芯まで興奮させる。

「……レオン様、では、本格的に、まいりますね……んっ……！」

彼女の身体がほんの少し浮き、一気に沈む。

上下のピストンが始まり、膣壁と擦れ合う面積が増える。

丁寧かつリズミカルな動きによって、俺の腰にじわりじわりと快感が生まれていく。

「んく、くぅ……！　はっ、はぁ……ふ、ふぅ、んくぅっ……」

ネイの女陰を味わうのは、もう数え切れないほどだ。

それでも飽きることなど一切なく、限界までいきり立った俺のペニスは最高の快感を得ている。

ネイ自身の性技が進化したのも理由だろう。が、一番の理由は彼女が持つ雰囲気だ。

娼婦のような、直線的な淫靡さはない。逆に、堅物で扱いづらい女性でもない。日常では物静かで、俺が必要としたときに必ず居てくれる、献身的な女性。

俺の上でためらいなく腰を揺らめかしているように、紐解けば淫らな女性ではあるが、俺以外の男性と接するときは淫猥な気配を微塵も出すことがない。

主に仕えるメイドとして、まさしく理想そのもの。

そして……俺にとっても、大切な存在であることに変わりはない。

「はぁ、はぁ……レオン様……んぅ、うぁっ……」

「ネイ」

「は、はい……んぅ？　ひ、ひゃぅんっ！」

ペニスだけでなく、心も昂ぶってきた。

肉体的な欲でなく、精神的な情欲が、彼女に対して湧き起こるのを感じる。

それが、自分自身の動きに繋がる。ネイが腰を落とし、豊満な尻肉が弾むその瞬間、俺は下から勢いよく腰を突き上げた。

「ひぅ……！　あ、あぅ、レオン様っ……」

「我慢ができない。もっと奥まで、ネイを感じさせてくれ」

「し、しかし、レオン様は狩りでお疲れですのに……」

「構わない。俺が動きたいから動く、それだけだ」

本格的に、腰を叩きつける。

角度をつけて出し入れするたび、ネイの腹が僅かに膨れ、俺のペニスの形が浮かび上がる。

「んぁっ、ふ、ふぁあ！　レオン様、お許しくださいっ……こんな風にされてしまうと、私のほうが気持ちよくなってしまいますっ……！」

「それでいい。もっと乱れてくれ！」

「はぁ、はぁっ、そんな……や、やぁ、奥まで、っひ、ひぃ！　んひぃぃぃいっ！」

お互いに、性感帯は知り尽くしている仲だ。どこをどう刺激すれば感じるか、相手に全て理解されているし、今どうしてほしいかもわかってしまう。

口では申し訳なさそうにしながらも、貪欲にペニスに絡んでくる膣壁。

下からの突きに合わせて、さらに深く落ちてくる腰。

ぷるんぷるんと揺れる胸に目を奪われていると、ネイが俺の手を取ってくる。

「んっ、んぅ……レオン様っ……私の胸も、ご自由に、どうぞっ……」

豊満な肉の塊を、下からすくい上げる。

尖った乳首を人差し指と中指でもてあそびながら、残る指を膨らみに食い込ませる。

「んきゃぅっ！　や、やぁっ、ふぁ、あはぁあっ！」

堪えられずに、ひときわ可愛い喘ぎ声を上げるネイ。

彼女の絶頂が、近い。

「はぁっはぁっ、んぁっあぁあっ！　ふ、ふぁ、ひぁあっ……ん、ん、んっ、くぅぅぅんっ！」

ネイも自身の限界を察し、膣口をきゅっと締めてくる。

肉襞とペニスが苛烈に擦れるようになり、一気に快感が倍加する。

「ん、んぅ、ひぁぅっ、ひゃぅぅぅんっ！　も、申し訳ありません、レオン様っ……私、私、こんなにいっぱい、レオン様にされてしまうと、イってしまいますっ……！」

「イっていい。ネイが達する様子を見せてくれ」

「っ、は、はいっ……で、では、イかせて、いただきますっ……！　ふぁ、あひぁあっ！　んぁっあっあぁあっ、や、ぁ、あ、あん、あん、あん、あぁあああんっ！」

ネイも、腰を打ちつけてくる。胸を俺に差し出しながら、太い肉棒に貫かれ、膣内をかき混ぜられる快楽に身を任せていく。

内側へと折り畳まれる膣口と、ざわめく肉襞が、彼女の限界を知らせてくる。

「ひ、ひぅう！　レオン様、レオン様っ……！」

「いいぞ、イけ。俺も出す」

「う、うぁ、あ、ありがとうございますっ……！　はぁ、はぁっ、レオン様のたくましいおちんぽ、すごく、すごく気持ちいいですっ……！　ふぁ、あ、あ、あん、ひぁ、あぁあああああっ！」

いつも冷静な彼女だからこそ、絶頂に向かって乱れる姿が淫らに映る。

そのギャップを楽しめるのは世の中で俺だけ、という独占欲と征服欲が、下半身の心地よい痺れに繋がっていく。

「ひ、んひぃっ！　くぅ、んぅっうっぅぅうううう〜〜〜〜〜ッ！」

ネイが一息早く、絶頂の入り口に到達する。

俺も、高速で膣道を行き来し、射精へ向かう最後の一押しをする。

ペニスが震え上がり、脈動する。絶頂と絶頂が重なった瞬間、ネイは背筋を反らして、より深い絶頂へと身を焦がしていく。

「うぁあっあぐぅううっ！　ひぅ！　んぐぅう！　〜〜〜〜〜ッ！　〜〜〜〜〜〜〜〜ッ！」

がくんがくんと全身をわななかせ、ネイがのたうつ。

勢いよく飛び出した精液が、膣道から溢れ、飛沫を上げて繋ぎ目から噴きこぼれた。

彼女の喘ぎ声も、最後はもう言葉にすらなっていなかった。

それほどまでに強烈な快感。セックスの醍醐味が詰まりに詰まった絶頂。

十数秒では終わらず、一分、あるいは数分の間、ただひたすらに全身を震わせるふたり。

「っ、は……！　はっ、はぁ、はぁ、ふぁ、あぁ……あぁぁっ……」

膝から崩れ落ちるネイの身体を支え、そっと抱きとめる。

荒々しく息をつくことしかできない彼女を見ていると、また、ある感情が湧いてくる。

それは、劣情と表現していい程の昂りだった。自分の女をめちゃくちゃにしたいという、強すぎる性欲そのものだ。

「ネイ、続けるぞ」

体を入れ替え、四肢の力が抜けた彼女をベッドに押し倒す。

当然、ペニスは小さな秘芯に刺さったままだ。

腰をゆっくりと引いて、叩き込む。速くはないが大きなストロークで、正常位のピストンを始めていく。

「ひ、ん、んひぃっ！　レオン、さまぁっ……！」

「止めるか？」

「はぁ、はぁっ、い、いえ、レオン様の、お好きなように……！　ん、んぁ、あはぁあっ！」

ネイとの情事は、とことん続く。始まると、四回、五回と射精しないと収まらない。

そんな俺の強すぎる性欲を、小さな身ひとつで受け止めるネイ。

彼女の嬌声がまた、寝室に響いていく。ふたりの淫らな交わりが続く。

周囲の人間の中には、ネイの身体を心配する者もいる。

が、決まってネイは、それが私の役目ですからと、涼しげな表情で答えているらしい。

「愛おしいな」

自分の感情が、言葉になってこぼれる。

それを誤魔化すように、俺はネイの唇を自分の唇で塞ぎつつ、腰を進めていった。

……これが、俺の日常だ。

シンセの町を住みやすくし、転生時に授かったチート能力で、モンスター退治に精を出し、能力を使った反動で昂ぶる性欲を、メイドのネイに収めてもらう。

俺、レオン・アルムフォートとは、そういう男だ。

自分の施策がはまり、徐々に町も発展し、シンセはここ十年で百年分の進化を遂げている、と周辺国から評される程になっている。

町の財政も順調で、かつ俺がモンスターを退治するごとに臨時収益が入るものだから、アルムフォート家の懐《ふところ》事情もさらに潤っていく。

気がつけば、片田舎の子爵が、都市部の侯爵並みの資産を持つに至っていた。

大きな問題など見当たらない。この発展を続けていけば、シンセはもっと大きくなるし、人々の暮らしも豊かになる。結果、俺も楽ができ、金は増える一方だ。

……ただ、一つ。

一つだけ、あえて気がかりな点を探すとすれば。

父と教育係のモリスが、あることを俺に執拗に迫っていることが挙げられる。

「レオン様！　今日こそ、お覚悟をお決めになってはいかがかと存じますが！」

執務室の扉をばん、と開けて、モリスがお決まりの台詞を吐く。

「どうした、爺《じい》。血相を変えて」

「どうしたもこうしたもございらん！　そろそろ妻を娶ってくだされと、儂が何度進言申し上げたか数えていただきたいものですな！」

これだ。

初老の男が揃いも揃って、早く結婚しろとまくし立てる。

まさか転生して貴族になってまで、こんな文言に悩まされるとは思ってもみなかった。

「俺はシンセの町のために働いている。現にシンセは昔に比べきらびやかな町となった。それでいいんだ。俺に妻がいるかどうかなど、重要ではないだろう」

「それが、あるのですぞ。レオン様は世継ぎでいらっしゃいます。アルムフォート家の大事な種を唯一お持ちの方でいらっしゃいます。もし、レオン様が子息を残さずに亡くなられた場合はいかがなさいます！　ここシンセの町が幾ら栄えようと、継ぐ者がいなければ、本国が遣わすどこの馬の骨とも知らぬ家に乗っ取られてしまうのですぞ！」

気色ばんだモリスの額に、青筋が立つのが見える。

いつものこととはいえ、ここまで小言が続くとこたえるものがある。

そして、モリスの話は決まって泣き落としへと変化していく。

「お願いします、レオン様。このモリス、レオン様が他の追随を許さぬほどに優秀な頭脳の持ち主であるが故、教育係としては主様に何一つ残せませなんだが……せめてこの件は、世継ぎの件だけはどうにかまとめ、お父上のお役に立ちとうございます」

涙ながらの土下座で、俺を説得しようとするモリス。

いつものことだとため息をつき、執務室を後にしようとする俺に対し、モリスが振り向きざまに声を張り上げる。

「レオン様も、齢二十七でございますぞ！　今はまだよろしかろう！　ただ十年後、今のように身体が動かせなくなったとき、妻、そして子供の存在がどれほど重要か！　そんな後悔を、十年後のレオン様にしていただきたくはないのでございます！」

前世と今世を跨いでも、爺さんの小言というものはここまで変わらないものか。

親戚の爺さんからも、正月に升酒片手に説教されたことを思い出した。

モリスの説教の後、改めて父にこのことを相談しに行くと、やはり同じように、お前で気がかりなのは嫁のことだけだと苦言を呈され、こうなればもう誰でもいい、側室扱いでもいいからまずひとりは娶れとまで言われた。

ふたりにここまでしつこく食い下がられると、俺も考えを柔軟にせざるを得なくなる。

ただ、ここで発生する問題は、やはり俺の下半身事情だ。

俺の妻たり得る者は、俺の性欲を受け止められる者に絞られる。

正式な妻を持ちながら、メイドのネイに毎晩性欲処理を頼んでしまうなど、本末転倒だ。仮にその妻が貴族の出であれば、すぐに義父が飛んでくるだろう。

自分の娘をないがしろにしてメイドに愛情を注ぐとは何事か、アルムフォート家は我が家を侮辱するのかと、血相を変えて抗議してくるに違いない。

故に、妻とはセックスをしなければならない。

セックスをするからには、俺も妻も満足しなければならない。俺が性欲を持て余したり、妻が途中で気を失ったりしてはいけない。

そんな女性が果たしてこの世にいるのだろうか。相当に狭き門だと、俺は思う。

ネイではない女性を抱いたらどうなるか、何度か試したことがある。

身分を隠して夜の町に繰り出し、女を一晩買ってみたりもした。あるいは信のおける行商人に、流れの水商売の女を金銭で紹介してもらったこともある。

ただ、どちらも駄目だった。町の女は俺のペニスを見るや、やめて、太すぎる、こんなの入らないと白旗を揚げた。入念な愛撫を施し、なんとか無事に挿入しても、苦しい、早く抜いてと言われて気分が萎えた。

その道のプロであろう水商売の女ですら、それを挿入するのはまんこが使い物にならなくなるから止めてほしいと拒否され、オーラルでの射精に留まった。

プロの女に指摘されたことで、俺のおぼろげな自覚が確信に変わった。どうやらこのペニスは、性欲相応の規格外の大きさなのだ。

まさしく逸物。常識から逸脱した物。そんな俺の肉棒を、果たして誰が受け止められるか。

モリス爺も親父も、今のお前なら嫁など選び放題だとは言うが。そこにはどうしても、物理的な制限がある。

あるいは、安直に拒否せず、俺のためなら女陰が広がっても構わない、俺専用の女になるのだからいきなりは無理でも、じきに逸物に慣れてみせる、と言ってくれる女性がいればいいのだが……

そんな気立てのいい女性が、果たしてこの田舎町にいるだろうか。

……などという俺の心配を無視して、モリス爺は強攻策に出た。

俺が知らぬ間に、爺はその年の春、収穫祈願祭の時期にアルムフォート家でパーティーを企画した。しかも嫡男のレオンが嫁を探していると内々のお触れを出す周到さ。後には引けない状況を作って事を進めようという魂胆だ。

確かに、二年ほど前に大きく建て替えたうちの屋敷は、見栄えも相応にある。

何棟にも分かれている屋敷は、俺の執務室、寝室に始まり、町の運営をしている者たちの庁舎と宿舎、外賓を迎えるホールと会議室など、実務に適応した設備を一通り揃えている。

間違ってもパーティーを開催しようという気は起こらない程のぼろ家だった古い屋敷に比べれば格が違う。シンセの町の発展を外に知らしめ、多くの取引や商機を掴むには、まだ新しい屋敷を見たことがない周辺都市の貴族たちや商人を呼び寄せ、大々的なパーティーをするという案は悪くはない。

この際、前向きに受け止めることにした。モリス爺と親父の顔を立てつつ商機を手に入れるチャンスだと、パーティーに許可を出した。

結果は……さんざんだった。

全てが、悪いほうへと進んだ。

「おお、レオン様。あちらがキール伯爵令嬢、その隣にいらっしゃるのがジクルート伯爵令嬢でいらっしゃいますぞ。あちらのテーブルには、ティツェット家の方々がいらっしゃいます。おお、なんとミルウッド侯爵までいらしていたとは！　これは本国にお近づきになる好機ですぞ、ささ、ご挨拶に！」

モリス爺に促され、煌びやかなパーティー会場の中心へと歩を進める。

と、名だたる貴族の娘たちが、次々と俺に挨拶をしてきた。

あるいは俺のほうから挨拶をし、頭を下げていくこともあった。

が、俺の眼鏡にかなう女性は、どこにもいなかった。むしろ、眼鏡にかなうどころか、箸にも棒にも引っかからない女性ばかりだった。

高貴な身分のお嬢様になればなるほど、機能性を捨ててまで美を求め、着飾ることを常としている。特に気になるのがドレスの下のコルセットだ。自ら腰を圧迫し、血の巡りを悪くしてどうしようというのだろう。健康的には見えないし、何よりその細い腰で俺のセックスに耐えられるとは思えない。

にこやかに俺の手を取っていた娘たちも、背を向けるとすぐに眉をひそめる。あれが成り上がりのレオンか、と陰口を叩く。想像以上の嫉妬の渦が、パーティー会場でとぐろを巻いているのが見えてしまった。

しかも、テーブルに戻ると、今度は別々の家同士で牽制が始まる。

お嬢様同士で、わたくしのお父様は〜、わたくしの国の女王様は〜と、自慢合戦が始まる。

正直なところ、あのような女性を抱く気にはなれない。

つまり、好きにはなれないということだ。

「……ふぅ……」

パーティーの最中、誰もいないテラスに出て、ひとりため息をつく。

収穫はほぼゼロだ。むしろパーティーの費用を考えれば、大赤字まである。こうなると商機の一つでも掴まないとやっていけない。

そう思い、商人たちが集まっているテーブルへと向かう。

先程までの高級貴族たちと違い、俺を陰で馬鹿にする様子がないのはいい。が、今度は俺を男としてではなく金として見てきた。

やれ資産は幾らだの、やれ今度はどのようなモンスターを討伐するのかだのと、逆に商機しか見ていない。がめつい思想は人間らしくて好感を持てるが、自分の嫁探しとなると話は別になる。大商人の娘たちも、俺に取り入ってあわよくば一稼ぎ、と企んでいる者ばかりだった。

「……はぁ……」

また、テラスにて、ひとりため息をつく。

嫁探しがこんなに困難なものだとは思わなかった。

深呼吸して一息ついた後、落ち着いて前世と照らし合わせると、今日のパーティーが失敗した理由が浮かび上がってくる。

仲人の存在だ。

誰彼構わず招いては、有象無象が集まるのも当然だ。

あらかじめふるいをかけ、嫁の候補を絞ってくれる存在がどれほど大事か、なかなかに思い知らされた。もし次があるとしたら、絶対に仲人を置こう。

あるいはシンセの町にも、そういうお節介な存在がいてもいい。特に、優秀な種を後世に残すためにも、秀でた人材の中に未婚の男性や女性がいた場合、多少強引にでも相手をあてがい、婚約させるべきだ。

その発見ができたことを、今日の収穫とするか。

「探しましたわ。こんなところにいたのですね」

なんとか自分を慰め、思考を前向きに切り替えていたところ、テラスに繋がる扉が開いた。

他の貴族や商人にない、明るく闊達《かったつ》な声が、俺に向けられる。

ひとりの女性が、俺を正面から見据えていた。

「君は？」

「忘れたんですの？　面会するのは、これで四度目になるのだけれど」

「すまない。記憶にない」

「……確かに、しかたがない部分もありますわね。直接貴方に挨拶をするのは初めてですもの。今まで、商談ではいつも父や兄の後ろにいましたので」

俺に向かい、二歩、三歩と歩みを進める彼女の姿を、下から上まで目で確かめる。

……大きな乳と張りのある尻。豊満な肉体をしている。それでいて、馬鹿な高級貴族のご息女様のように体型を誤魔化していない。服装も派手で、ともすれば娼婦と間違いそうになるほどだ。

改めて顔を見ると、縦に巻きの入った特徴的な赤髪に、自分の記憶と一致するものがあった。

「……まさか、メログラーノの？」

メログラーノ家。シンセに近い土地を拠点とし、資産は１００億Ｇを超えると噂される豪商の家だ。当主がやり手なのはもちろん、跡取りの長男とやり手の長女も優秀。我が家のお得意様でもあり、ある意味ライバルでもある一家だ。

長女のロディアは、いつも当主のクラウスや長男リディィの後ろに立ち、秘書のような立ち位置で一家を支えていた。

その長女らしき人物が、目の前にひとりで立っている。

「そう。ロディア・メログラーノですわ。以後お見知りおきを。願わくば、以後忘れることのなきように、わたくしの名と身体を脳に焼きつけていただきたいですわ」

だんだんと、思い出してきた。

この勝ち気な性格。つり目気味の目と長い目尻。自分をライバル視するかの如き鋭い眼光。

ロディア・メログラーノとは、こういう女だった。

「すまなかった。仰せの通り、脳に刻み込むとしよう。だが……」

「だが？」

「乳房の形や腰回りを隠そうともしていない、その扇情的な衣装や柔肌と共に、君の名を記憶していいのだな？」

「ふふっ、構いませんわよ。殿方は、そのほうが覚えやすいでしょう？」

恥ずかしがりもせず、ロディアが笑う。

なかなかの肝の据わり具合だ。面白い。

「その衣装は、意識して薄布を使っているのだな」

「ええ」

「理由を聞いても？」

「二つありますわ。一つは、暗器の類《たぐい》を隠し持っていないことの証明。もう一つは、だらしのない男の注意力を削ぐ目的」

「はは。確かに、商談のときに君の色香に意識を奪われ、己に不利な条件を呑んでしまう輩もいるかもしれん。ただ、それ故にあらぬ疑いを掛けられることもあるのではないか？」

「ふぅん。疑いって、たとえばどんなことですの？」

彼女の挑発に、軽く乗ってみることにする。

腰を抱き寄せ、その瞳を上から覗き込む。

「メログラーノの長女は、自らの肢体で物の値を吊り上げる……と」

彼女を抱きしめ、服越しに肌と肌を触れ合わせる。

当然、女性のまばゆい肌を直視した俺は、軽く興奮している。正直なペニスがズボンの中で隆起し、今は彼女の腹部にその先端を押し当てている。

ある意味、脅しだ。

これ以上無用の挑発を続けるならば、犯すことだってできるのだ、という。

ただ、ロディアは瞳の色を一切変えず、逆に俺の目を見据えてきた。

「くすっ。今、ここでわたくしを襲ったら、値が下がるのは貴方のほうですわよ」

「む」

「嫁を募る目的で開いた宴席。周りにはアルムフォートの富と地位に惹かれてやってきた女がうようよ。そんな中で、爵位を持たない女なんかを犯したら、貴方に選ばれなかった貴族たちからなんと言われるか。すぐにスキャンダラスな尾ひれをつけて、アルムフォート家を非難する噂が世界に広がっていきますわ」

「……ふむ。確かに」

腕の力を抜き、ロディアを解放する。

この女、やはり頭が切れる。見てくれで判断してはいけない。

いい女であることに変わりはないが、簡単に手を出すわけにはいかない女でもある。

「で、ロディア。君は何しにここへ？」

「挨拶ですの。独立して、新しく商社を立ち上げたもので」

「なんだと？　先代は？」

「旅の途中、腰を痛めてしまいまして。満足に動けないもので、引退を決意されたのですわ。で、メログラーノの本家は兄が継いだもので、わたくしは別の商社を」

「兄妹揃って、とはいかなかったのだな」

「ええ。兄は、わたくしが到底扱わないものを商品として売る癖がありますの。虚像を実像のように見せ、人の心につけ込んで金銭をむしり取る。そんな兄とは昔から反りが合いませんでした。元々、一つの組織に二つの頭は必要ない、と感じていたところですし、これを機に、と」

確かに、ロディアの兄の商社は、グレーな商品も取り扱っている。

ただそのぶん、俺が狩ったモンスターの毛皮なども買い取ってくれるから、それはそれで価値があるのだがな。

妹にここまで悪し様に言われる兄か。今後は、付き合い方を考えたほうがいいかもしれない。

「ニュー・メログラーノ。何のひねりもない名前だけれど、それが商社の名前ですわ。パートナーとして、そしてライバルとして、今後ともよろしくお願いしますわね、レオン殿」

ロディアが、すっと右手を差し出してくる。

その右手を取り、握手をする。

気の抜けない女だが、興味が湧いた。後で、ロディアの商社について調べておこう……。

「さて、レオン殿。明日、時間をいただけるかしら？」

「は？」

「今度ね、わたくし、北に向かいますの。カントウェル山脈の向こう側。得意先でもあるのだけど、漁村が多いあの地域は、未開拓の土地が多いんですのよ。なので、シンセの町で導入されている井戸の装置や、水を綺麗にする装置なども、需要がおおいにあると思っていますの。ということで、改めてシンセの町の工場を視察させてもらいたいんですの」

「……はは、切り替えが早いな。さすがは商人だ」

「お褒めにあずかりどうも。この町は、見たことのない装置や仕掛けがいっぱいあって面白いですわ。数日滞在いたしますので、その最後にまたレオン殿と会いたいですわ」

「今度は正式な商談を、ということか。いいだろう、時間を空けておく」

「ありがとうございます、レオン殿♪」

最後にウィンクをして、ロディアは俺に背を向け、立ち去っていった。

テラスとパーティー会場を繋ぐ扉が、閉まる。


「へぇ、これが量産されている、最新式のポンプなんですのね」

次の日から、ロディアは精力的にシンセの町を視察した。

「なるほど、ゴムを間に挟むことで、部品と部品の気密性を上げているんですのね。これ、他の機械にも応用しているんですの？」

「ああ。特に水を扱う製品には、漏れを防止するためにも採用していることが多い」

「なるほど。使えますわ。これも持っていきたいですわ、試作品なんてないのかしら」

この女、新しいものを見る目が俺と似ている。

全てにおいて抜かりなく、金銭的にも隙がない彼女だが、この目の輝きは好感が持てる。

技術を伴う複雑な商品に対しても、使い道を把握し、使い方と仕組みをしっかりと理解しようとしてくれるので、余分な説明がいらない。また、自分が理解しきれない商品であっても、不用意にガラクタだと切って捨てたりもしない。

技術革新が続くシンセの町と、彼女の性格は、噛み合わせが非常にいいようだ。

今までは父や兄に隠れていたが、意外と彼女が長を務める商社も上手くいくかもしれない。

「……ロディア。俺の嫁になるつもりはないか」

そのとき、俺は恐らく本能のまま、彼女にそう声を掛けていた。

「ご冗談を。自分の商社を立ち上げた直後ですのよ。それにわたくし、一カ所に留まっていられる性分ではありませんの」

彼女は一顧だにせず、上げた右手をひらひらと振りながら、俺を振った。

「さ、次よ。人の役に立って、お金になりそうなものは、全て見せてちょうだい」

その日は一日、ロディアに振り回されて終わった。

まぁ、こんな日も悪くない。

ロディア・メログラーノ。

地位や金を目的とする者ばかりが集まった今回のパーティーの中で、彼女と出会えたことは唯一の収穫となっていた。

それが一生ものの収穫となるのは……もう少し先の話かもしれない。


「お帰りなさいませ」

新規商社の女頭取に、さんざん付き合わされた日の夜。

屋敷に帰ると、ネイが待っていてくれた。

「お嫁様を探すパーティーは、いかがでしたか」

「いや、ダメだった。心身共に俺の相手ができそうな女性は、残念ながらいなかったな。強いて言うなら……そうだな、ロディアくらいか」

「……あの、メログラーノ家のお嬢様でしょうか」

「ああ。彼女は商才があるよ。本家から独立したというから、今後の我が家はロディアの商社とも良好な関係を築いていかないといけないな」

「ずいぶんと、買っておいでですね」

「あいつは、いい意味で前のめりだった。金を扱う者に必要な姿勢を持っている。下手をすると、商売面でアルムフォート家が出し抜かれることも想定されるから、注意を払っておいたほうがいい」

そう言っても、ネイの様子は普段と変わらない。しかし、少し気になる反応だった。

彼女が俺に対して、仕事や執務のことを深く聞いてきたことはない。

「どうしたんだ、ネイ」

「いえ、別に」

「別に、という顔をしていない。心なしか、不機嫌になっているように見えるぞ」

俺の問いかけに、彼女がまた押し黙る。あまり、いい空気ではない。

「本当に、どうした。何を怒っている？　怒っている相手に、性欲をぶつけるわけにはいかない。気持ちが萎える。俺に対して思うところがあるのなら、正直に言ってほしい」

珍しく仏頂面なネイに向かい合う。

俺は軽くしゃがんで、目線の高さを彼女に合わせつつ、その顔を覗き込む。

「無礼は許す。正直に言ってくれよ」

彼女の手を取り、そう言うと、ようやくネイが口を開いた。

その話の中身は、彼女が自分専属のメイドである以前に、ひとりの女だということを痛感させられるものだった。

「私では、駄目……なのでしょうか」

らしくなく、とつとつと話すネイ。

声の節々が、微かに揺れていた。

「妻を探していると伺っておりましたが……私ではやはり、いけないのでしょうか」

ここは口を挟むタイミングではないと判断して、彼女の話を聞くことにする。

俺が婚活パーティーの処理に追われている間、ネイの身にも色々とあったらしい。

――レオンが他の貴族の女を娶るのならば、ネイのメイドとしての役目も終わる。ならば本家に帰り、他の有力な貴族との縁談を進めてくれ。

これが、ネイの父親から届いた手紙の概要だった。

理にかなわないところは何もない話だった。俺より年下とはいえ、ネイも齢二十二。この世界の婚期を考えると、むしろ独り身であることがイレギュラーだ。

だとすると、俺が性欲処理のために彼女を雇っていることが、彼女自身の枷となっていると判断できる。

頭を切り替える。

そして、考えを改める。

自分の浅はかな思考に、まずメスを入れる。

そう、妻だ。

俺が今必要としているのは、俺のことを好いてくれている女性だ。

心身共に俺の妻となり得る女性が、思いっきり身近にいるじゃないか。その女性に、自分では駄目なのかとまで言わせてしまったことが恥ずかしい。

「別に不足などしていない。むしろネイであれば、万々歳だよ」

「……え？」

「モリス爺が押しつけてきた嫁探しなどと思い、妻をとること自体を否定的に考えてしまっていた俺の落ち度だな。断ることばかりを考えていて、こんな身近に適材がいるのを忘れていた」

「えっ、あ、あの、レオン様……」

ネイが目を丸くしてうろたえる。

彼女には珍しい、そして可愛らしい表情を見たところで、俺の気持ちも一気に固まる。

「ネイ。俺の妻になってくれ。表裏なしに俺という人間と接し、俺を受け入れてくれる女性は、ネイ、お前しかいない」

「あ、あの、ですが……ロディア様は」

「こっぴどく振られたよ。俺ごときでは彼女の身を縛ることはできない、とな」

プロポーズをしようというときに、他の女に袖《そで》にされた話を馬鹿正直にするのも、何とも気が利かない話ではある。

でも、ネイには隠し事はしたくない。

今までもそうして、彼女に心と身体を預け、癒やしてもらっていたのだから。

「駄目だろうか。さすがにこんな男には、愛想が尽きたか？　だが、俺はネイに子を産んでもらいたい。この気持ちは変わらない」

ネイが、押し黙る。

ただ、先程とは違い、紅くなった彼女の頬は柔らかく緩み、微笑んでいた。

「……ロディア様も、もったいないことをしたものです。このような素敵な方の第一夫人の座を、みすみす私のような下級貴族の娘に譲るなんて……」

「では？」

「お受けいたします。私などでよろしければ、ですが」

「いや、これ以上ない幸福だよ。俺の身にこそ、余るというものだ！」

まだ、本人同士で意志が固まったに過ぎない。

いざ結婚となると、色々と手続きや、諸侯への連絡も必要になる。

だが、モリス爺に説教されてからというもの、鬱屈とした気分が晴れないでいた俺の心が、妻となる者が決まった今、一気に楽になった。

ネイも貴族の娘であることに変わりはないから、この結婚に異論を挟む者など誰もいないだろう。いたとしても俺が説得するだけだ。

「レオン様」

「なんだ、ネイ」

「レオン様、あの……当たって、います……」

「うん？　何がだ？」

「ですから……レオン様の、屹立したのが……服越しに……」

安心したら、性欲が戻ってきたらしい。

軽く抱きしめていたネイの腹に、亀頭が服越しに当たっていた。

精を注ぎ込むべき相手を認識して、一気にペニスが気色ばんだのだろう。

「ネイ、お前を愛したい。いいか？」

「えっ？　あ、あの、今からでしょうか」

「そう、今すぐにだ。俺がお前を愛しているという証拠を見せたい」

「……はい♥」

彼女をお姫様抱っこし、寝室へと向かう。

洗い立てのシーツを敷いたふかふかのベッドに寝かせて、覆い被さる。

服を脱がそうとしたところで、ふとネイの顔を覗くと、彼女はふいと視線を逸らしてしまう。

もじもじとするその姿が、何ともいじらしい。

「どうした、ネイ」

「……こういうのは、慣れないもので」

「性交渉なら、毎夜のことだろう」

「いえ……私が奉仕をする側ではなく、していただくのははじめてです。それに、服を脱がしていただくのも。抱き寄せて、優しくベッドに押し倒していただくのも」

「……そうか。色々と、ネイに任せっきりだったものな。だが、これからはセックスでも、五分と五分の立場でいくぞ」

「はい。レオン様がそうお望みならば、私はそれに従います」

「従う、と言われると困る。その時点で、主従がはっきりしてしまっている」

「ですが……レオン様に生涯お仕えするのが、私の夢であり願望なのです。ですから私は、何があろうとレオン様のご意志に従います」

一見従順そうだが、芯の入った意志の固さがある。

そんなネイを、俺は好ましく思っている。誰かに強要されているわけでもなく、思考を停止しているわけでもなく、彼女自身の意思で俺に嫁いでくれるというのだから、不満もない。

「なら、一つだけネイに、注文を出させてもらおう」

「はい、何なりと」

「今日は、気持ちいい、快感だと思ったら、声を抑えずに素直に喘いでくれ」

実践に移る。ネイの服に手を掛け、素肌を晒す。

まろび出た乳房を手のひらでやんわりと包み込み、そのボリュームを確かめながらじっくりと揉み込んでいく。

「……んっ……」

たったこれだけのことで背筋を震わせ、唇をきゅっとつぐむネイ。

不思議なもので、今日は仕草の一つ一つが、鮮明に目に飛び込んでくる。

心臓が高鳴る。ドキドキする。単純な性の昂ぶりだけではない感情の揺れが、己の中で起きつつあるのを自覚する。

それは、ネイも同じらしい。右の手のひらに感じる彼女の鼓動が、どんどん速くなっていく。

「はぁ、はぁ……んんっ……」

湿った吐息。艶めく唇。ツンと立ち、主張してくる乳首。

乳首を指先で挟み込むと、コリコリとした心地いい感触が跳ね返ってくる。

そのまま乳首を巻き込みつつ、さらに胸を揉みしだく。

シーツに広がった髪が、彼女が悶えるたびに徐々に乱れていく。

「んぁっ……！　ひ、ひぅうんっ！」

刺激に耐えきれず、つぐんでいた口が僅かに開く。

軽い喘ぎ声が寝室に響くと、俺の興奮がさらに強くなる。

「あ、あぅ……レオン様……」

「どうした」

「あの……私、変です……まだ、胸に触れられているだけなのに、もう達してしまいそうなくらい感じてしまって……」

「奇遇だな。俺ももう、すぐにでも挿入したいくらい昂ぶっている」

ネイの視線が、俺の下半身に注がれる。

屹立した肉棒の先端に、彼女がそっと触れてくる。

「レオン様、もう、こんなに……？　狩りの後でも、ありませんのに……」

「ネイこそ、触れてもいないのに、既に濡らしているだろう」

「えっ……？　ひ、くぅうんっ！」

俺も、ネイの股に右手を差し込む。

スリットに中指を這わせ、一撫でするだけで、くちゅりと湿った音がした。

そのままふたりでベッドに横たわり、互いの性器を指で刺激していく。

ゆったりとした手コキと、中指だけの挿入。刺激の強さは普段の数分の一だが、このじわじわと快感が溜まっていく感覚がたまらない。

「つ……んぅ……はぁ、はぁ……んぁっ……ふぁ、あぁっ……！」

俺の指が、陰核を捉える。小さな豆粒に、溢れた蜜を塗り込んでいく。

ネイの指も鈴口をくすぐりつつ、先走りの液を亀頭全体に広げていく。

と、不意に視線が重なった。

その瞳の奥に揺れる望みを受けて、俺はネイに唇を重ねた。

最初はついばむように。徐々に、吸いつくように。

そして、ゆっくりと舌を差し入れ、ネイの口腔をかき混ぜる。

舌先に乗る温かさを確かめつつ、裏あごから舌の裏側までじっくりとかき混ぜて、舌を引く。

ネイに視線を送り、アイコンタクトを取る。今度は彼女が舌を差し入れ、俺と同じようにゆっくりと口腔をかき混ぜてくる。

「ん、ちゅ……れぅ、ちゅぷ……くりゅ、くりゅ、ぬりゅ、ぬちゅるぅっ……」

これまでに幾度となく俺のペニスをしゃぶり、射精へと導いた彼女の舌は、本当に自在に動く。熱の篭もったディープキスを受けているだけで、甘い快感が下半身へと響いていくのがわかる。

たまらず俺も舌を使う。互いの舌がじゃれ合っていく。

それに呼応して、性器を弄んでいた指先も動きを速め、互いを刺激し合っていく。

ちゅぷちゅぷという、唾液が混ざっていく音。それに、ネイの吐息とくぐもった喘ぎ声が混ざっていき、俺の耳を刺激する。

「くちゅる、ちゅぷぷっ、ん、んむぅっ……んく、んく、こくっ……」

ネイが喉を鳴らす。興奮で枯れそうになる喉を、俺の唾液で潤していく。

俺も負けじと、彼女の唾液を啜り、飲み込む。

たったそれだけのことで、かぁっと喉の奥が熱くなる。

「くぅ、んむぅ……ちゅ、ちゅぷ……れぅ、くちゅるぅっ……ん、んぅ！　ふぅ、んむぅっ！」

キスに、夢中になる。キスに、夢中にさせてくれる。

彼女に差し込んだ指先が、さらに濡れていく。

ペニスを絶えず撫でてくれる細い指先の感覚が、背筋を震わせる。

「ちゅく、ちゅぷ……ふぅ、ふむぅ……ひぅ！　んぅ、くふむぅうっ！」

いつの間にか、俺の腰が深いところで震え出す。ぞわぞわという感覚を、自分で制御できなくなる。さらに指先が締めつけられ、彼女からこぼれた蜜で右手がびっしょりと汚れていく。

レオン様、と甘い声で訴えかけられる。その囁きが、俺の耳をくすぐる。

そう。全てが甘く、そして温かかった。

堪《こら》えるとか耐《た》えるとかを考える前に、何かが弾け飛んでいた。

「んぅ！　くぅ、んんんんん〜〜〜〜〜〜〜っ！」

ネイも、同じだったようだ。

たったこれだけの愛撫で、絶頂していた。

ふたり同時に腰をわななかせ、唇を重ねながら抱きしめ合い、精を吐き出し、愛液を溢れさせる。

普段は、こんなに早く、しかも指先だけで達することなどないのに、今はあっけなく果ててしまっていた。

ただ、おかしいとは思わない。むしろ、当然だと感じる。

ネイにはいつも、性欲がたぎるたび、ペニスをねじ込んできた。

彼女もまた、それが自分の仕事であるからと、ペニスへと舌を這わせ、女陰を差し出してきた。

お互いを熟知している。どこをどうすれば快感を与えられるか、理解し尽くしている。

そんなふたりに、今日新たに加わった要素が二つ。

一つは、夫婦になるという、戸籍上の繋がり。そしてもう一つが、心の繋がりだ。

「愛しているぞ、ネイ」

「はい……私も、レオン様のことを、ずっとお慕いしておりました……ですが、今はそれ以上に……ええ、愛しております。愛しています、レオン様……っ」

今までなあなあで済ませていたふたりの関係が、これではっきりと解決する。

このベッドでの出来事が、正真正銘俺たちの初夜だ。

「レオン様……くださいませ……」

ネイが、自然と足を開く。

俺も、彼女に覆い被さりつつ、ペニスの根元を持って狙いを定める。

軽く絶頂して、既に準備を整えた秘芯が、入り口を広げて俺を待っている。

「ネイ、もらうぞ」

軽くキスをして、腰を前に進める。なんのことはない、正常位での挿入。

ただ、鈴口が秘裂に触れ、亀頭が埋もれ、竿が膣口の奥へと吸い込まれていく、その全ての段階で得も言われぬ快感が背筋を駆け上り、脳を痺れさせ、そして……。

「ひぅ……！　くぅ、うぁっあぁあっ！」

「……ッ……！　ネイ、く、くぅぅぅ！」

目の前が、明滅する。快感を制御できない。圧倒的な気持ちよさに、腰が勝手に震え上がり、ペニスがひとりでに脈打ち、何かを吐き出していく。

「ひぁ、あ、あぅぅっ！　あ、熱い……お腹の、中が……レオン様、もしかして……達してしまわれましたか……？」

「っ……すまない、我慢ができなかった。入れただけで、射精を……」

自分だけ達するなんて、男として、なかなかに情けない顛末だ。

なりだけはでかいペニスが、こんなに堪え性がないなんて、想定外すぎる。

そんな俺の頬に、ネイがそっと手で触れてくる。全てを包み込むような、優しい手で。

「レオン様……謝ることなど、何もありませんよ」

「いや、しかし」

「むしろ、私は嬉しいんです。レオン様の新しい一面を知ることができて……それも、私しか知らない、愛した女性に夢中になっている夫、というレオン様を……」

精を吐き出したペニスが、きゅ、と優しく締めつけられる。

ネイが俺の腰へと足を絡め、繋がりを深くしてくる。

「レオン様。どうぞ、心ゆくまで射精してくださいませ。何も恥じることはございません。私の……この、淫らなおまんこは、愛しい旦那様に感じていただくためにあり、そして旦那様の精を受け止めるためにあるのですから」

本当に、色々と気付かされる。

女性としての魅力や、身勝手な俺のペニスを許してくれる母性。

愛おしい女性に、ひたすら愛情を注ぐために、精巣が再び子種を作り始める。

ネイもそれを感じ取って、俺を求めてくる。

「レオン様……まだ、満足はされておりませんよね。落ち着きましたら、どうぞ、いつものように私をお使いください」

「……ああ、そうさせてもらう。ただ、最後の文言は訂正させてくれ」

「……訂正、ですか？」

「いつものようにではなく、いつも以上に。ネイを使うのではなく、ネイを愛させてくれ」

「はいっ、レオン様っ♥」

ゆっくりと、腰を進める。

いつもネイが最初にしてくれる、緩やかだが確実に性器同士が擦れ合う動きを真似して、彼女の身体を揺さぶっていく。

先程出した精液と、ネイ自身の愛液が混ざり合い、緩やかなピストンには相応しくない、ぐちゅ、ぬぢゅっという音が立ち始める。

「んぁっ……！　ふ、ふぁ、あ、あはぁっ……！」

すぐに、ネイの口から甘い声が漏れた。

手応えを感じた俺は、少しずつ抜き差しの幅を大きくしながら、両胸に手を置いてじっくりと揉み込んでいく。

先程よりさらに硬さを増した乳首の感触が、指先に心地いい。

「は、はぁっ、んっ、んっ、んくぅっ……ぁ、ぁふ、んんんっ……！」

「ネイ、大丈夫か」

「は、はい……私のことは、お気になさらず……んぁぅっ！」

「しかし、いつもより声が大きいぞ」

「っ……感じるままに喘いでほしいと仰ったのは、レオン様ではありませんか」

その事実を、軽く忘れていた。

ただ、素直に俺の言うとおりにしてくれるネイが、さらに愛おしくなる。

そして、声が抑えられないくらいに感じていることも嬉しくなった。

「ネイ。もう一つ、注文をつけるぞ。してほしいことがあったら、ためらわずに言ってくれ」

「あ……で、では……キスを、いただけますか……？」

「そんなことでいいのなら、いくらでも」

前のめりになり、唇を塞ぐ。

先程と同様に、舌を滑り込ませ、あるいは舌を迎え入れて、唾液を絡ませていく。

「ん、んむぅ……ちゅ、ちゅぷ……れぅれぅ、れりゅれりゅ、ぬちゅる、くちゅるぅっ……」

夢中で交わす口づけ。じっくりと交わり続ける肉棒と襞の連なり。

身体の芯から熱せられ、汗がじわぁっと浮かび上がる。

ネイもじっとりと汗ばんで、艶やかな肌がより淫らに光り輝くようになる。

「れぅ、ちゅ、ちゅぷぷっ……くりゅ、くちゅるぅ……ふぅ、ふむぅ、ん、ん、んんっ……！」

舌の動きと腰の動きを、リンクさせてみる。

腰を打ちつけるのと同時に、口腔内で舌をれろりと一周させる。

あるいは小刻みに腰を蠢かしながら、舌先をくるくるとくすぐっていく。

「んぁふ、ふぅ、んむぅ……っ、ふ、ふぁ！　あ、あ、あっ、レオン様っ……！」

ネイの声が、どんどん大きく、甘くなっていく。

本当に、今日は己がどれだけ無知だったかを再認識させられる。

ただペニスを出し入れするだけが、セックスではないと思い知らされる。性器同士の擦れ合いに応じて全身をくまなく愛撫していくことで、こんなにも快感が深くなっていくのだから。

「あ、あっ、ふぁ、あひぁあ！　だ、だめですレオン様、そこ、耳はっ……！」

「だめではないだろう。ネイの声が、また可愛くなっている」

「ち、ちが……可愛いだなんてっ……きゃぅうんっ！　や、やぁ、耳、弱いですっ……！　ふ、ふぁ、あぁあっ！　ひ、ひんっ、ぞくぞく、きて……あ、ぁ、あ、あ、あ、あ、あっ！」

その小さな唇だけでなく、ネイの身体の至るところにキスをしていく。

耳たぶからうなじへ。鎖骨のくぼみに沿って舐め上げ、肩口から腋へと滑り落ち、胸の輪郭をなぞりつつ、乳首を口に含んでころころと舐め回す。

一つ一つの愛撫に、ネイは甘く喘ぎ、腰を震わせ、頬を染めて反応してくれる。

「ふぁ、んぁあっ、あ、あっ、あん、あん、あぁあんっ！　レオン様、もっと、もっとくださいっ……！　おちんぽ、奥まで……んんっ、もっと、私の奥までっ……！」

ネイに求められることが、男として、夫として、ものすごく嬉しい。

いつも精を吐き出しているはずのおまんこが、まったく別物に思えてくるから不思議だ。

……いや、確かにいつも通りではない。本当に、別物といっていい。

カリ首に絡みついてくる肉襞も、鈴口を撫でてくる子宮口も、今日はよりぴったりと俺のペニスに密着してきている。

特に違うのは膣口で、これはネイの意思によって締めつけに緩急がつけられている。

ネイの下腹に、きゅっと力が入る。と、一気に竿の根元が包み込まれる。今の彼女は俺の下でピストンを受ける姿勢だが、そんな中でもこうして俺に快感を注ぎ込んでくれている。

秘部を使用しての、高度な奉仕。それを実行する健気さ。苛烈すぎず、かといって決して緩むことはない、絶妙な力加減の締めつけ。

全てが完璧なネイに、吸い込まれてしまうような感覚にさえ陥っていく。

「っ……ネイ……また、出そうだ……」

「んっ、あ、あぁ……レオン様、このままどうぞ……奥の奥まで、私のおまんこをレオン様の精で満たしてくださいっ……」

「いや、俺だけ絶頂を繰り返すわけにはいかない。ネイ、一緒にイくぞ」

「は、はいっ……ひゃぅっ！　あ、あぅ、また耳を……ひぁ、ふぁあっ！　んぁ、あはぁあっ！」

腰の回転を速めつつ、再びネイの左耳に顔を埋める。

耳たぶを舐め、耳の穴をこじりながら、左手で右の胸を鷲づかみにしつつ抽送を繰り返す。

「はっあっあぁっ、ふ、ふぁ、あひぁあっ！　レオン様っ、そ、そんなにされたら、幸せすぎて私のほうが先に達してしまいますっ……！」

「遠慮しないでいい。ネイが達すれば、俺も出る。絶頂時のネイのおまんこは、たまらなく気持ちいいからな」

「っ……！　で、では、遠慮なく……レオン様のおちんぽで、イかせていただきますっ……！」

理性をかなぐり捨てたふたりが、腰を打ちつけ合う。ぱんぱんという小気味いいリズムで肌と肌がぶつかるたび、ネイの奥がさらに俺を呼び込んでくる。

子宮口が開く感触。それは、ネイが絶頂する手応え。

俺に抱きついている彼女の手が内側にぎゅっと縮こまり、背中に爪を立てる。

「ひ、ひぅ！　レオン様ぁっ……！　う、うぁあっ！　んぁぁぁあぁあああああぁッ！」

その痛みも、快楽に繋がる。射精に向けた最後の一押しとなる。

甲高い喘ぎ声が耳元で響き、膣口が肉竿を舐《ねぶ》った。たまらなく淫靡で、美しく、可憐で、全てが愛おしいネイの膣内で、一気に欲望が膨らんで弾けていく。

「ネイっ……！　く、くぅ！　うぁああっ！」

「や、やぁっ、レオン様っ……お、おちんぽ、びゅ、びゅって……！　あ、あぅ、またイって、私っ、さっきイったのに、射精されてまたイキまくって、ひ、ひぃ！　んぃ、んひぃぃぃいいいいっ！　く、くぅうっんぅっうぅううううううううう〜〜〜〜〜〜〜ッ！」

ふたりの絶頂が、重なる。

俺の子種が、ネイの膣内を、そして子宮を満たしていく。

精を吐き出すのではなく、注ぎ込むこの感覚が、快感とは別に充足感を引き連れてくる。

「うぁ……あぁ……ま、まだ、出て……あぁ……たくさん、私の、膣内にっ……？」

「ネイ……最後まで、注がせてくれ……」

今までで最も長い時間を要した絶頂と、そして射精。

己の欲を全て出し尽くした、そんな感覚。

今まで俺の身体は、幾ら射精しても性欲が途切れることがなかったのに。

『空になった』。

ネイに『全てを注ぎ切った』。

後には幸福感しか残らない、そんなセックスを、俺は初めてネイとした。

「ネイ、愛しているぞ」

「私もです、レオン様」

甘い囁き。普段なら身悶えして、およそ吐き出せない台詞。

が、熱く抱きしめ合ったベッドの上でなら、お似合いに素直になれた。

この日を境に、俺の転生ライフに、一つの目標が加わる。

妻と子を成し、世継ぎを育成すること、だ。

前世では、結婚など面倒くさくて考えもしなかった俺だが、どうやらこの世では違う。

きっと、ネイというすばらしい女性が、俺を変えたのだろう。

第二章　幸福と充実の新生活

妻がいる生活が始まって、数ヶ月が経った。

昼間は町の運営について方策を決め、必要であれば査察に向かい、自ら解決策を発案していく。

夜には帳簿の整理をし、使途不明な金が動いていないか常にチェックをする。

週に一度は狩りに向かい、心身のリフレッシュと希少品の確保を同時に行った。

股間が疼いたときはネイを呼び、処理をしてもらう。時間がとれる夜であれば、そのままじっくりたっぷりと交わって、文字通り精が尽きるまで愛し合った。

……と。

生活のサイクルだけで考えると、結婚以前と何ら変わりはないようだ。

それはネイも同じだった。

妻となってからも、貴族の娘が好むようなドレスを着ようとはせず、変わらずメイド服を着ており、その服のまま家事や炊事、水回りの仕事、そして俺への奉仕をこなしている。

本人曰く、着慣れているからこれが一番よい、という話だった。

正妻となったのだから相応しい服装を、とモリス爺が注文をつけたらしいが、彼女はそれをやんわりと拒否して、今に至っている。

アルムフォート家の——財力のある貴族の正妻となったのだ。

望むならば、贅沢な暮らしもできる身分だ。俺もそれを咎《とが》めはしない。

しかし、彼女は俺の側を離れない。

屋敷にいるときは、俺から一歩引いた斜め後ろに、必ずいてくれる。手を伸ばせば簡単に触れられる。しかし邪魔にはならない、そんな絶妙な距離感で、ネイは俺に付き添ってくれる。

本当にメイドの立ち位置のままでいいのかと、改めて聞いたことがある。

そんな俺の質問に対するネイの答えが、こうだった。

「レオン様の身のお世話をする仕事は、誰にも譲れません」

付け加えて、こうも言ってくれた。

「レオン様も、私にばかり気を遣ってくださらなくて結構です。第二、第三の妻を娶ることも、私は反対いたしません。お屋敷に帰ってきたときに愛情を注いでくだされば、私はそれで充分に幸せなのです」

ネイは本当に、肝の据わった女性だったようだ。

さらには第一夫人としての自信が、彼女の器をより大きくしている。

そんな彼女を妻にしているからこそ、俺は毎日これまで以上に、領地の改革に力を注げている。

現在のシンセの重要課題は、食の改善だ。

開墾と土壌改良で、畑も広大になった。作物は量や質がともに増え、人口の増加に追いつくことができている。

生活が豊かになる基準は多々あるが、その中でも大きなウェイトを占めているのが三大欲求の中の食事だろう。

ただ作物を育て、収穫したものを火を通して食べるだけでは、生きている実感には乏しくなる。なので、町の食堂なども協力し、新メニューの開発に乗り出した。

この辺りでは、収穫の柱は麦だ。

主食はパンに近いものが、食卓に並んでいる。そこで、味気ないぼそぼそのパンを美味しくいただけるよう、焼き方に工夫を凝らすことにした。

こねるときにバターを使い、コクと風味を出す。あるいは成形するときにバターと塩を多めに含んだ層を巻き込んで、塩パンを作るのもいい。

他にもレーズンっぽい乾燥した果実や、木の実をちりばめたパンだったり、具材を巻いた惣菜パンのようなものを開発した。

結果的にだが惣菜パンは、ピロシキのような出来映えになり、手軽に片手で食べられる食事としてお昼時の人気となっている。

また、特殊な素材を扱う料理店を、許可制とした。

山に生えているきのこ類や、毒草との判別がつかない野草系、神経毒を持つ魚介類が対象だ。

きちんとプロの目利きで分別された素材を使い、食中毒などというトラブルがないよう、注意を喚起する。

わざわざ許可を取らなければいけないなんて、まだるっこしくて商売がやりにくくなる、と小料理屋からクレームが入ったが、そこは逆の発想だ。シンセの食べ物は安全で美味しい、という触れ込みが広まればこっちのものである。

さらには、そこに素材の希少性が価値として備われば、珍味として少々お高い値段でも買って食べる人が出てきて、結果として、店にも地域経済にもプラスに働くだろう。

そんな改革をしていると、ますます重要になってくるのが商人との付き合いだ。

特に、このシンセは内陸に位置しているので、海で多く採れる塩は買い付ける他にない。

そんな状況の中で、町の経営を手伝ってもらっている役人が、渋い顔をして俺の執務室に入ってきた。

「レオン様、ご報告がございます」

「なにかな？」

「先週半ばから、食料品の幾つかが、異様な高騰を見せていまして……小売店の棚はそこだけが空で、町で管理している備蓄庫にも残り僅かという状況です」

「その品目は？」

「香辛料が数種類、魚醤、海産物の干物が数点……最も影響が大きいのが……」

報告に来た役人の表情が、ひときわ険しくなる。

「……塩か」

「はい」

「おかしいな、塩には気をつけていた。複数のルートを開拓し、切らすことのないよう買い付けていたはずだったが」

「塩については、取引をしている三社のうち二カ所と、二週間前から取引が途絶えています」

なぜ黙っていた、と出かかった台詞を飲み込んだ。

うちの役人たちも馬鹿ではない。あの手この手で連絡を取ろうとし、それでも上手くいかなかったので俺に相談しに来たのだろう。

「で、その連絡が途絶した商人とは？」

「一つは、アラムル商会です。今年に入って、あまりいい噂は聞いていなかったので、ある意味では想定内ですが」

「もう一つは」

「……申し上げにくいのですが、ニュー・メログラーノ、です」

ニュー・メログラーノ。その名が示すとおり、あのロディアお嬢様が頭取を務める商社だ。

仕事はきっちりとこなす人間だと踏んで、俺の提案で取引先にねじ込んだのだが。

北の漁村は得意先だと言っていたし、二週間前までは順調に取引も進んでいた。

まさか、最初の数回の取引で油断させておいて、売り上げをさらって逃げたか。それとも、何らかの手違いか。あるいはトラブルか。

「いかがいたしましょう」

「……しかたない。町の懐は痛むが、残る一社から臨時に塩を買い付けよう。民の生活には代えられない。通常の倍までは値をつけていい、君はそちらを担当してくれ」

「わかりました。ではさっそく」

役人が、急ぎ足で執務室を出ていく。

買い付けのほうは、任せておけばいいだろう。

残るは、原因究明だ。

ロディアが自ら、信用を失うようなことをするとは思えない。やはり何らかのトラブルか。

ただ、プロポーズを振られた相手だし、商人たちには商人のテリトリーがある。

特に塩には、複雑な利権も絡んでいるだろう。

下手に首を突っ込んでいい案件でもないだろう。子爵の身ではあるが、果たしてどこまで深入りできるだろうか。

もやもやとした気分のまま、対策の方針すら決められず、時間だけが過ぎていった。


その夜はネイに伽《とぎ》を頼んで、束の間の快感を得た。

が、どうしても気分が乗らず、たった一回の射精でしぼんでしまう。

やはり、気がかりなことを持ったままでは、集中してセックスも楽しめない。

「レオン様、いかがなさいましたか」

元気のない俺に、ネイも違和感を持ったようだ。

そして次の彼女の一言に、俺は驚くことになる。

「レオン様、近々また狩りにお出かけになる予定がございましたら、方角は北がよろしいかと。最近はカントウェルを超える道が、何かと物騒だと聞いておりますので」

「……？　北に？」

「はい。山頂まではレオン様の領地です。一度見回りに行かれては、いかがでしょう」

彼女は遠回しに、ロディアについて調べてきていいですよ、と言っているのだ。

いったい、どこで側耳を立てていたのだろう。

あるいは、以前に俺の口から出たロディアの名から、ネイ自身が探りを入れたんだろうか。

それに、彼女について調べるということは……。

「いいのか、ネイ」

「はい」

「事と次第によっては、大事になる。俺はロディアを保護することになるだろう」

なんとなく、そんな予感はしていた。ネイもまた、なにかを感じているというなら、きっとこの件には裏があるのだろう。

「それがアルムフォート家に必要なことであれば、問題ございません」

「……ロディアの存在は、お前にとってライバルとなるのではないか」

「レオン様が、私に変わらず愛を注いでくださるのであれば、妻を何人娶っていただいても構いません。むしろ……」

「むしろ？」

「……一度振られたくらいで、お気に入りの女性を軽々と諦めるようなレオン様は、レオン様らしくないと存じます」

そっと微笑むネイ。

俺の正妻は、つくづく出来た女性だった。

ふたり目の妻の存在を許し、返す刀で、まごついている俺に発破までかけてきた。

ネイのおかげで腹は決まった。そうとわかれば、善は急げだ。

「よし。明日すぐに狩りに出発する。ネイも同伴してくれ」

「……私も、ですか？」

「長旅になりそうだ。それに側室を持つなら、正室の意見は重要だ。ネイの目が必要になる」

「承知いたしました。では、お供いたします」

ネイも貴族の娘だ。護身術を会得しているのは知っている。もちろん、危険にさらすつもりはないが。

ネイなら数日の旅にも耐えられるだろうし、何より俺の潤いになるだろう。

翌日になり、俺とネイはそれぞれ馬に乗って、北にあるカントウェル山脈に向かった。

シンセの領土は、狭いようで意外と広い。領内で何かしらの問題が起こったとき、俺が自ら視察してすぐに解決にあたるのには限界がある。

なので、各地方の要所要所に、アルムフォート家直轄の小さな屋敷を置いている。

視察や狩りのときに、宿舎としても使っている屋敷だ。

カントウェル山脈の麓、カントヒルの村にも、そんな屋敷があった。

このカントヒルもまた、近年は有能な農村として発展していた。

施策によって作付面積も増え、綺麗な湧水を使用した酒蔵があることから、慎ましいながらもそれなりに栄えている。

特に酒の評判は上々で、ビールやウィスキーに似たものを作っていた。

酒蔵に併設されている酒場は、山を越える旅人たちの憩いの宿であり、情報交換の場としての機能も備えつつある。

「酒場には、夜に立ち寄るとしよう。それまで一狩りしてくる」

「はい。レオン様、お気をつけて」

整備された山道を軽く登り、脇道に逸れたところを探索する。

この辺りは、川の上流に沿って道が続いている。片方が崖になっており、特に冬季の足場が悪い時期は、旅人が滑落する事故が毎年のように起きている。

大きな荷車が落ちたときの痕跡は、夏の今でもまだ地面に残っているほどだ。

道の曲がり角や、傾斜がついている場所、特にこのように事故が起こった現場には、ガードレールのような囲いを設置するのも手かもしれないと思う。

予算と人員を割けるようになったときに、検討してみよう、と心に刻んでおいた。

狩りと視察を兼ねた外出は、やはりすべきものだ。

現場では、まだまだ人の暮らしと命に直結する問題が山積している。

……と。

明らかに新しい崩落跡が、見つかった。

車輪に踏み潰された草が、そのままだ。しかし、これは冬場のものではない。

ここ一ヶ月以内にできた傷だろう。車輪の跡の深さを見る限り、荷車には相当重い品が積まれていたとみえる。

崖の下の川辺を窺うと、シンセの町でよく見かけるものが、無造作にごろんと横たわっていた。井戸用の、手押しポンプの本体だ。よく見ると、その他の部品も四散している。

ぞわりと、背筋に走るものがあった。

井戸のポンプは、俺が行った改革の象徴たり得るものだ。工場での生産も設置場所も設置後のケアも、全てアルムフォート家が直接管理運営している。

部品の運搬に不備があったのなら、すぐに俺の耳に届くはずだ。

こんなものが、ここに捨てられているわけがない。

その部品が荷車に乗り、カントウェルを超えようとした事実が、今ここにある。

心当たりは、一つしかない。

ロディア、だ。

これは事故か。あるいは事故に見せかけた事件か。

後者と考えたほうが、つじつまが合う。あのやり手の女が、商人の基本である物資運搬で下手を打つとは考えられない。

過積載や、荷車の車軸の不具合によって道を踏み外した……という可能性もあるが、確率は低いだろう。

「……やれやれだ。これは狩りより調査のほうを、優先したほうがよさそうだな」

独りごちながら、村へと引き返す。

屋敷の風呂で軽く汗を洗い流し、ネイの元に戻る。

「お早いお帰りで……何かございましたか、レオン様」

「血が騒ぐ。すまないネイ、我慢が利かなくなった」

「えっ？　あ、き、きゃっ！」

挨拶もそこそこに、彼女に壁に手をつかせる。

スカートをたくし上げ、下着をずらし、体内の血流がおかしくなったせいで勃起してしまったペニスを、スリットを割ってネイの中にねじ込んでいく。

「ひ、ひぅ！　くぅぅぅうんっ！　うぁ、レ、レオン様っ……あ、ふぁ、あひぁあっ！」

夕刻の、まだ働いている者たちの勤務時間も終えていないなかに、妻の嬌声を響かせてしまう。

恐らく若手の職員は驚き、何が起きているんですかと周りに聞いているだろう。

それを受けたベテランが、やれやれと軽くため息をついているところも想像に易い。

だが俺は、この後に冷静に物事を進めるためにも、ネイに精を吐き出すしかなかった。

「やぁ、ふ、くぅ、ん、ん、ん、んんっ、あ、あっ、レオン様、激しすぎますっ……！」

「ネイ、出すぞ。しっかり受け止めてくれ」

「くぅう、うぁ、あぁあっ！　あん、あん、あぁあんっ、レオン様ぁっ、ひ、ひぁぁぁぁあ！」

立ったまま、性器と性器の交わりのみで、絶頂へと駆け上っていくふたり。

一気に過ぎ去った激しい行為の余韻が残る中、俺はネイに事情を説明した。


そして、迎えた夜。

村の中で唯一、煌々《こうこう》と灯りがついている酒場へと足を運ぶ。

一応、店に余計な気遣いをさせまいと、アルムフォート家にまつわる装飾品は、服から全て外している。髪も下ろし、ざっくりと後ろでまとめた。

俺の顔を直接見たことのない者には、どこかの用心棒か傭兵崩れに見えるだろう。

その出で立ちで、扉をくぐる。

「いらっしゃいませ～。そちらのお連れの方と、おふたり様でしょうか～。では奥の席へご案内しま～す」

応対してくれた娘は、広めの酒場全体に通るような、闊達《かったつ》な声の持ち主だった。

……いや、この声。はっきりと聞き覚えがある。

「ではまず、この酒蔵のウイスキーを頼む」

「かしこまりました。割り方はいかがなさいますか？」

「『井戸』から汲みたての、冷たい水で割ってくれ」

「……………えっ？」

「くれぐれも、今度は川岸に落とさないようにな」

「えっ？　ちょ、ええっ？」

正解、だった。

髪型も服も変えているが、この娘はロディアだ。

「ええーっ？　なんですの、もしかして貴方……」

「そのまさかだ。少々、話を聞きたい。いいな？」

「っ！」

ロディアの手を取ろうとした瞬間、彼女が大げさに身を引いて俺を避ける。

これは、放置していると厄介なことになりそうだ。下手をしたら逃げ出してしまい、多岐にわたって問題になっている状況の手がかりが消滅してしまう。

「ネイ、出口を固めてくれ」

「かしこまりました」

妻に、通せんぼを命じる。

酒場の出入り口を塞がれたロディアが、厨房に下がろうとするものの……。

「マスター、少々この娘を借りるぞ」

俺の一言で、酒場の店主もロディアの道を塞ぐ。

ここの店主は顔見知りだった。

自慢のウイスキーの、共同開発者でもあるのだ。

俺の言うことなら、多少の無理難題でも聞いてくれる。

つまり、ロディアの逃げ道は全て封じられたことになる。

「つ……あ、貴方……私に、なんの用ですの」

「改まって、何か用かと聞かれると……むぅ、何から話せばいいだろう」

「わたくしを笑いにきたつもりなら、趣味が悪いですわ」

「なぜ、そう思う。俺は女を抱く趣味はあっても、からかう趣味はないよ」

「ちょっと見ない間に、優男になりましたのね。ああ、妻を娶ったんでしたっけ。そちらのメイドっぽい方がパートナーですの？　なら、余計に私に用はないはずですわよ？」

「いや、ありもありだ。多少強引にでも、話を聞いてもらう」

「ちょ……！　い、いやー！　離してー！　この人さらい！　ろくでなしー！」

ロディアが騒ぐものの、誰も彼女を助けようとしない。

こういうとき、俺のチート的な能力がものをいう。隆々と盛り上がったこの二の腕を見て、張り合おうと考える人間はいないだろう。

と、いうところで。

「マスター、二階の個室を借りる。よろしく頼む」

迷惑料も込みで、金貨を五枚ほど渡しておいた。

暴れてもらっては困るので、ロディアをお姫様抱っこし、二階に連れ込んだ。

宿ともなり得るベッド付きの部屋に彼女を押し込み、騒ぎを収めたネイが合流したところで、部屋の扉を閉じる。

「何ですの？　なんなんですの！　こんな強引に、私を連れ込んで！」

ロディアは、凄い剣幕で怒っていた。

あのパーティー会場で見たきらびやかで妖艶な衣装ではなく、店の雰囲気にあったカントリー調のウェイトレス服を着込みつつ、額から湯気が出る勢いで怒っていた。

「……そこまで感情を露《あら》わにできるのなら、最低限の元気はあるみたいだな」

軽く彼女の怒りをいなしつつ、本題に入る。

「俺は、今の君がなぜここにいるかを、まず聞きたい」

「しゃ、社会勉強ですわ。商人として、酒を提供する側の様子も知っておきたかったんですの」

「君の性格上、本当に社会勉強なら、俺から逃げずに嬉々として見せびらかしてくるはずだ。スカートの裾を持ち、こんな服もわたくしに似合いますわよね？　とかな」

「っ……」

「なら、話を変えよう。恐らく君の商社の荷と思われるものが、山道の崖の下に落ちていた。それについて、身に覚えはあるか？」

「…………」

「すまないが、これは君と俺だけの私的な話ではない。アルムフォート家と、ニュー・メログラーノとの取引にも直結する信用問題だ。だんまりはやめてほしい」

沈黙を守るロディア。

が、話をしてくれないことには、事が前に進まない。

ここは、一つ二つと、彼女の心に直接語りかけ、感情を揺さぶることにする。

「頼む。ロディア、君のことは君の口から直接聞きたい」

情に訴えかけ、次に彼女のプライドを守る。

「もう一つ。君が何を言っても、嘲り笑うことは決してしないと約束する」

気色ばんでいたロディアだったが、その表情から緊張の色が抜けていく。

木製の椅子に力なく座る彼女が、ぽつぽつと話し始めた。

「……見たんですのね、あの現場を」

「ああ」

「なら、隠しても無駄ですわね。察しのとおり、事故ですの。数人でキャラバンを組んでいたのですけれど、ひとりがヘマをして荷車を落としてしまって。それはそれは大事故で、自分も巻き込まれて崖下まで落っこちそうになったんですの。危ういところで木に服が引っかかって、なんとか命は取り留めましたけれど……もう、商品をロストするなんて商売人としてあってはならないことだし、こんなのメログラーノの恥でしかありませんわ」

「……なぜ、そんな大事故を起こしたのに、ここに留まっている？」

「そこなんですの。北方に事故の件を連絡しようにも、人手が足りませんの。本家との連絡もまだ、十分に取れていなくて」

「人手が？　キャラバンの連中は」

ロディアが目を逸らし、歯噛みをする。

少なくとも、安否不明なのだろう。誰とも連絡がついていないのは明白だ。

まだ状況証拠だけで、物事を推理できる段階ではないが……だいぶ、厄介なことになっているのは間違いない。

「……今、わたくし、ひとりきりなんですの。他に誰もいないんですの。持っていたお金も積み荷といっしょに崖の下へ落ちてしまったので、護衛も雇えなくて。なので、ここのマスターに頼んで、臨時で働かせてもらって……ある程度のお金を稼いだら、戻るつもりで……」

シンセの領土内は治安も悪くないが、さすがにそれでも彼女ひとりで旅をするのは無理がある。シンセの外に出れば尚更だ。野盗連中に追い剥ぎされるのが落ちだろう。

ひとまず近い村に身を寄せ、金を稼ぎつつ事態の収束を模索する、
そんな彼女の判断は正しい。

が、その表情には余裕がない。

視線が泳いで、焦点が合っていない。普段のロディアなら、こんなすがるような目つきで、俺を見つめたりはしない。

「……レオン。貴方ならこの土地で、少しくらいの無茶はできますわよね。部下を貸してくださらないかしら。私の商社と連絡を取りたいの」

「俺に？」

「ええ、お願い。報酬は弾みますわ。一刻も早く連絡を取って、商社の人間を派遣させて事態を収束させたいんですの。だから……」

「それはできないな」

「どうしてですの！　さっき、アルムフォートとニュー・メログラーノの信用がどうのって、貴方のほうが言っていたではありませんか！　わたくしが信用できないんですの？　だから拒絶するんですの？」

「いや。ロディア、君は商才もある、信用に値する人間だ。そこは揺るがない。が、君の商社と連絡を取るのは、恐らく不可能だ」

「だから、それがなんでって聞いているんですの！」

「二週間ほど前から、俺の町の担当官も、ニュー・メログラーノと連絡が取れなくなっている。塩の取引が途絶え、町の運営に影響が出始めている」

「…………えっ!?」

彼女の顔から、さぁっと血の気が引く。

恐らく、俺と同じ推察に至ったのだろう。

荷車が落ちたのが、事故ではなく、故意のものだったのではないか、と。

「……ロディア、よく聞いてくれ。俺も、ニュー・メログラーノに異変が起きていないか、もし起きているならそれが何かを探りに、ここに来たんだ。君と君の商社が北方との商売を強力に推し進めているのは知っていたから、手がかりが掴めないかと思ってな。だが、これは想像以上に大ごとかもしれない」

「そんな……まさか、うちがそんなこと、あり得ませんわ。わたくしがいなくったって、主要な取引は滞りなく進められるように、組織だってきちんと作って……」

「その組織が、何者かによって壊された、あるいは他社に出し抜かれた可能性は」

「……っ！」

商売人は、自分の知らないところで反感を買っていてもおかしくはない。

しかもロディアの商社は、独立した後もすぐに軌道に乗り、勢力を拡大しつつあった新興勢力だ。旧来の商人たちからは、目の上にできはじめた瘤《こぶ》のような存在だっただろう。

状況証拠だけで確証は得ていないが、荷車を落とすヘマをやらかしたロディアのキャラバンの一員には、恐らくライバルの息が掛かった者が紛れ込んでいたはず。

崩落事故自体が、ロディアの信用を落とし、ニュー・メログラーノを衰退させるための工作だったのだ。

恐らく、今ごろになってロディアが戻ったとしても、彼女のために動いてくれる人間はそこにはいない。商社自体が壊滅しているか、まったく別物の組織になっているか、どちらかだろう。

「……うそ……わたくし、どうすれば……」

ロディアが、膝から崩れ落ちる。

あれだけ気丈だった女性が、ここまで弱ってしまうところを見るのは、少々心苦しい。

……ただその一方で、俺の心の一部分では、ずるいとも思える欲求が芽生えていた。

今なら、彼女を落とせるのではないか――と。

ただ、弱みにつけ込んでいるようで、かなり気が引ける。

ロディアを自分のものにするのは、事態を収束させた後のほうがいいのではないか？

「ロディア様、一つ提案があります」

今後の対策について思いを巡らせていると、部屋の入り口のほうから声がした。

ずっと押し黙っていた、ネイだった。

「ここにいたってはもう、一度、レオン様の庇護を受けるのはいかがでしょう」

一瞬、ロディアだけでなく、俺も呆気にとられた。

性欲に忠実な俺が考えていたような台詞を。

俺が理性を働かせてなんとか飲み込んだ台詞を、ネイは事もなげに言い放っていた。

「なっ……援助を受けろってことですの？　それは嫌ですわ、商売人として、金銭の借りは作らないと決めていますの」

キッと、ネイを睨むロディア。

が、俺の正妻はたじろぎもせず、同じ口調で淡々と話し続ける。

「借りではありません。いっそ、正式にアルムフォート家に入ってみてはいかがでしょうか、という提案です」

「アルム、フォート……に？　それって、レオンの家にってことですの？」

「ええ。ロディア様は、レオン様の信頼厚いお方です。やはりロディア様は商売をされるお方ですから、このような場所で給仕を務めるより、レオン様のお屋敷で商才を発揮していただいたほうが、輝きを増すというものです」

ネイはしたたかに、ロディアを引き込む最善手を打った。

その舌先は、俺も感心するほどの鋭さだった。

ならばと、俺も畳みかける。

「なるほど、それはいい。ロディアが俺の元で問題なく健在だと知れば、ニュー・メログラーノを追われた腕利きの商人たちも、ロディアを慕ってこちらに来てくれるかもしれないな」

ロディアの瞳が、一瞬うるっとくる。彼女の心が揺れた証拠だ。

が、次の瞬間、彼女はキッと鋭い眼光で俺を睨んできた。

「……確かに魅力的なお話だけど。わたくしにとって、渡りに船ではあるけれど」

「けれど？」

「ただ……話が、レオンに都合よく動いている気がしますの。ここまでの話の全てが、貴方が仕組んだ茶番だったという線だって、考えられませんこと？」

「…………っ！　はっ、ははっ！」

ロディアの剣幕に、思わず口の端を緩めてしまう。

頭を抱えて笑った俺を、さらに彼女が睨みつけてきた。

「なにがおかしいんですの！　さては、本当に貴方の策略だったんですの？」

「いやいやいや、ロディア、その商人由来の疑り深さ、ますます気に入った。改めて申し出る。俺の妻になってくれ」

「はぁ？」

「君がひとところに縛られない性格なのも、重々承知している。だから、シンセに戻ったら、自分の好きなように商売をしていい。君の商売は民に利益をもたらす商売だ、ひいてはそれがアルムフォート家のためにもなるだろう」

「ちょ、え、ちょ」

「ただ、私はそこにいるネイを第一夫人としている。ロディア、君は第二夫人ということになるが、そこは了承してもらいたい」

「お、お待ちなさい！　なにを勝手に話を進めていますの！　さっきのわたくしの話はどうなったんですの？　わたくしを陥れる、貴方の策略じゃないかっていうことですわ！」

「俺は、狙った女を落とすために、搦め手を使ったりはしないよ」

「自分で言ってりゃ、世話はありませんわ！　誰が保証しますの、それ！」

「少なくとも、ネイは証明してくれる。それに、別の角度で考えてみろ。最初から良好な関係であり、塩や海産物の取引先だったロディアを陥れたところで、アルムフォートとシンセの町に何の得がある？　民の生活を犠牲にしてまで妻を娶る男に、いったい誰がついてくる？　君は俺を、そんな無謀をやらかす男だと評価しているのか？」

「…………ぅ…………」

「ロディア、改めて提案するぞ。俺を信の置ける人間だと思うのならば、一旦俺に身を預けろ。その上で、再起を図るといい」

賽は投げた。後は、ロディアの返事を待つだけだ。

「……わかりましたわ。レオン、ネイ。貴方たちの提案に乗らせていただきます」

「おお、そうか、では……」

「ただ一つ！　わたくしをみくびらないでほしいんですの。わたくし、筋は通す人間ですわ。貴方に身を預けると決めた以上、一旦なんて生ぬるいことはいたしませんの。貴方が信頼できる男である限り、貴方についていく。それが一生涯であってもですわ。いいですわね？」

「……ははっ！　ロディア、君は本当に……は、ははっ、はははははっ！」

「～～～～～ッ！　また笑う！　やめなさい、その笑い！」

深く接してみてわかった。この女は、付き合ってみればみるほど面白い。

急転直下の出来事だけど、この結末は悪くない。

しかし……第二の妻、か。

俺が複数の女をはべらせるなんてな。

転生したこの世界の文化レベルに絶望したこともあったが、今となっては運命に感謝するしかないだろう。

疼《うず》いてやまないこのペニスも、ロディアの存在を喜んでいる。

「では、ロディア様。子細はシンセに着いてから詰めるとして、予行演習と参りましょう」

話がまとまりかけていたところで、ネイがとんでもないことを言い出した。

「は？　えっ、ネイ、なんですの？」

「レオン様に嫁ぐということは、レオン様に抱いていただくことになります。そのためには、レオン様のおちんちんに慣れていただかなくてはなりませんので」

「え？　えっ？　ちょ、ええっ？」

問答無用で、ネイがロディアを俺の前に跪《ひざまず》かせる。

ちょうど、ロディアの目の前に俺の股間が迫っている格好だ。

「っ……！　ま、待って。レオン、貴方、こんな状況で興奮しているんですの？　こんな、ズボンを押し上げるほどに、こ、ここ、ここを大きくしてっ……」

「新たな妻を目の前にしているんだ。勃起しないほうがおかしいだろう」

「ぼっ、勃起……うぅ、確かにそれはそうなのだけれど」

ロディアのうろたえ方が、俺の想像を超えている。

これは、まさか。

「……ロディア。男と交わるのははじめてか」

「っ！　そ、そうですわ。なにか悪くて？」

まさかまさかの、処女だったとは。

確か年齢は、ネイよりも一つか二つ年下だっただけのはず。貴族でもないのだから、一度や二度くらい、経験がありそうなものだと思っていたが。

……いや、ロディアの性格からして、並の男は近寄ることすらできなかったのだろう。

そう考えると、そんな高嶺の花だった女性を落としているシチュエーションに、さらに興奮してしまう。

そしてネイもまた、俺のそんな興奮を知りつつ場を盛り上げてくる。

「……ロディア様。いきなり交われとは申しません。レオン様のおちんちんは、普通の殿方より大きくて硬くて、圧倒的なのです。まずは、それを知っていただきたく」

「そ、そんなに？」

「はい。ですので、まずは軽いご奉仕で、レオン様の精を受け止めることからいたしましょう」

ロディアの耳元で、ネイが囁く。

彼女に淫らな行為をするよう、それとなく誘い、促していく。

「ロディア様。レオン様のズボンをずらし、おちんちんを……取り出してください」

「え、ええ、それくらいなら……っ、きゃっ！」

下を脱がされ、肉棒が空気に晒される。

勢いよく天井を向いている亀頭を目の当たりにして、一瞬ロディアが目を逸らす。

浮かび上がった血管がどくんどくんと脈打つのを感じたらしいロディアは、恐怖と興味と本能的な疼きが入り混じった、実に少女らしい表情をしていた。

「こ、これ……これが、男の人のおちんちん……？　わたくし……これを、お、おまんこで受け止めなければいけないんですの……？」

戸惑うロディアを、再びネイが促していく。

「ゆくゆくは、そうなります。が、その前に、おちんちんをどうすれば気持ちよくできるか、知っておかなければいけません」

「どうすれば、って」

「握ってみてください。力は入れなくてよいです。指で輪っかを作り、優しく、包み込むように」

おそるおそる、ロディアがペニスに触れてくる。

指先でつついてその硬さに驚き、握ろうとしてその熱さに驚き。

そのたびに軽く身じろいで、きゃっ、とか、あっ……などと声を上げる。

ネイのしっとりとした奉仕もいいが、こんなふうな初々しいロディアの反応も、なかなかに下半身に響く。

「っ……に、握ってみましたわ。これでいいのかしら」

「ええ。では、上下にしごいてみてください」

「しごく……？　こ、こう……？」

「はい。初めてにしては、上出来です。力加減はそれくらいで。過度な力は要りません。緊張がほぐれてきましたら、少しずつしなりを加えたり、おちんちんの筋張っているところを親指で擦り上げたりと、変化をつけていきましょう」

「お、お待ちなさい。いきなりそんなに言われても、全部はできませんわ」

「では、一つずつ試していってくださいね。レオン様のお顔もうかがいながら……レオン様が気持ちよくなってくれるよう、自分も気分を高めていきます。たくましいおちんちんに、しっかりとご奉仕なさってください」

俺の正妻は、乗りに乗っているようだ。

奉仕の先輩としてロディアを指導していくその言葉は、彼女の冷静さも相まって有無を言わせないものになっている。

結果として、生娘であるはずのロディアの指先が、どんどん性を覚えていく。

「んっ……ふ……んんっ……これ、想像以上に重労働ですわね……手の動きは慣れてきたけど、レオンを痛くしてはいけないのですよね。気持ちよくするには、常に神経を尖らせていないといけませんし……」

「慣れれば、本能のままに指が動くようになりますよ」

「そんなものかしら」

「ええ。今のロディア様の指先は、膣口、つまりおまんこの入り口を模しているのです。ロディア様がレオン様に抱かれ、実際におちんちんを出し入れされれば、指でのご奉仕もやり方がわかってくるというものです」

「……凄いわね、貴方。その知識の量、感心しますわ」

「たいしたことはないです。レオン様の妻として、やるべきことをしてきたからの知識ですから」

ネイが、ロディアに向けてにこりと微笑む。

そろそろお喋りは止めましょう、と、その瞳が言っている。

ロディアもそれを察して、手の動きを少しずつ速めてくる。

「集中して、ご奉仕、してみましょうか」

「ええ」

ゆるゆると、しごかれる。

苛烈さとは無縁の、ゆったりとした手淫。

ただ、指先がしっかりと性感帯を捉えるようになってくる。

裏筋、カリ首、鈴口。竿の根元からじっくりと擦り上げられるこの感覚。

興奮が快感へと繋がって、ペニスをより硬くしていく。

「っ！　ね、ネイ！　先っぽからなにか出てきましたわ！」

「先走りです。指先ですくい取るか、舐め取るか、どちらかをお勧めします」

「えっ、指先？　舐める？　えっ、ええっ？」

鈴口を濡らす透明で粘っこい蜜を、頬を染めながら見つめるロディア。

その指先が蜜に触れ、指の腹ですくい取り、広げ、先端に塗っていく。

「……こ、こう……かしら。こうすると、いいみたい……？」

「ふふ。大正解です。ロディア様も、ご奉仕の才能、あるみたいですね」

「なぜ褒められているのか、よくわかりませんわ。けど……」

ふと、ロディアと目が合う。

先程までは逸らしがちだったその視線が、しっかりと俺の顔を捉えてくる。

「……レオンが気持ちよくなると、嬉しい……っていう気持ちは、分かる気がしますわ」

ロディアも、にこりと微笑んでくる。

少女のように無邪気なままで……ほんの少し淫らな遊びを覚えたエロティックな笑み。

「……また、溢れてきた……今度は、舐めてみていいかしら」

ロディアの奉仕が、積極的になってくる。

舌先が鈴口に触れる。そのまま亀頭を舐め回すように、舌が動いた。

ぴちゅぴちゅという湿った音が、俺の耳に届いてくる。

「んく、ちゅ……れぅ、ちゅ、ちゅぷ……こんなふうに……舌を使って、ぺろぺろ舐めても、いいものなんですの……？」

ロディアが、ネイに視線を送る。

ただ、ネイは微笑んだまま、首を縦にも横にも振らない。

後は本人たちに任せますと、一歩引いて成り行きを見守っている。

……ということは、指南役は俺に引き継がれたというわけだ。

「そのまま舐めてくれ。手も休まず頼む」

端的に、ロディアに要求を突きつける。

彼女ももう、ためらう素振りも見せず、ペニスの先端に唇を寄せてくる。

「んちゅる、ちゅぷ……れる、れりゅ、ちゅ、ちゅ、ちゅむ、ちゅぷぷっ……」

多少慣れてきたものの、ぎこちない動きには変わりない。

それでも、ネイとは質の違う快感が、俺の身を震わせる。

「もう少し、強く舌を押し当ててくれ」

「んく、んむぅ……んちゅ、ちゅぷ……ぺろ、ぺろ、れる、れろぉっ……」

「……っ……そうだ。手も、もっと大胆に、竿を下から上へしごき上げるように」

「ふう、ん、んむぅ……こ、こうですわよね……ん、んっ……んく、くちゅるぅっ……！」

素直に俺の指示に従ってくれる彼女を、愛おしく感じる。

亀頭に塗られたつばが竿にまで落ちてきて、ぬちぬちと卑猥な音が立つようになってくる。

懸命な奉仕が芯に響き、射精欲へと響いていく。

「出すぞ。そのまま受け止めるんだ」

「んぅ？　ん、ぶ！　つぷぁ！　ひ、ひゃぅ！　ふぁ、あぁぁぁっ！」

予告なしに訪れた射精は、手加減なしのものだった。

勢いよく飛び出た精液が舌先を吹き飛ばし、弧を描いてシャワーのようにロディアの顔全体へと降りかかっていく。

何が起きたかわからない、といった様子で、ロディアはそれを受け止めていた。

「うぁ、な、なにこれ、すごい匂い……でも……レオンの、おちんちんから出てきた……あは、なんでしょう、これ……どろどろして、臭いけど……嫌じゃない感じがしますの……」

初めての奉仕にしては、とてもいい具合だった。

ロディアを性的に開花させていくという楽しみが、俺に増えた。

「つ……このまま、私……レオンに、抱かれますの……？」

「いや、それはまだだ。俺の屋敷に帰ってからだよ」

「違いますの？　善は急げ、ではありませんの？」

「男として、俺もお前という魅力的な女性を抱きたいが、しかし色々と手続きもある。アルムフォート家の長男として、お前を正式に妻とした後に抱く。それでいいだろう？」

「……そ、そうですわね」

「それとも、理などかなぐり捨てて今すぐ抱いてほしいほど、身体が疼いたかな？」

「ば、馬鹿！　そんなわけはありませんわ！」

理性と情欲の間で揺れるロディアは、何とも可愛らしい。

昼は商才を持つやり手の女商人。

夜は主のために奮闘する淫らな女。

実にいい女性を妻にしたものだと、心の底から思うのだった。


――翌日。

俺とネイ、そしてロディアは、シンセへの帰途についた。

ネイの提案で、帰りは馬車を調達した。

俺が御者を務め、大きな幌《ほろ》の客車にふたりが乗った。

ふたりの妻が何をしているか、幌のせいで様子はわからなかったが、時折ロディアの驚いた声や、戸惑いの声が聞こえてきたところをみると、どうやら昨夜の続きでネイが夜の振る舞い方について新妻にレクチャーをしていたのだろう。

そのあたりは任せるとして、俺はロディアが嫁いできた後の内政について頭をひねっていた。

これからの海産物の取引のことや、ロディアの商社から流れてくるであろう商人への対応。

そしてそれに伴う、いざこざが起こることを想定した有事への備え。

やることはたくさんある。

……が。

まずはロディア自身からもっと、夫としての信用を得なければいけない。

そう思っていると。

「えっと……レオン、様？」

ふと、後ろからロディアに声を掛けられる。

「無理に様をつけなくていい。これまでどおり、呼びやすいように呼んでくれ」

「じゃ、じゃあ、レオン？　その……初夜は、私、何を着て貴方の寝室に行けばいいかしら」

一瞬、思考が停止する。

この女、何を考えているのだろう。あるいは、ネイに何を仕込まれているのだろう。

「任せるよ。なんでも構わないし、どうせすぐ脱がすのだから」

「そんなふうに言われるのは、心外ですわ。ネイみたいなメイド服のほうがいいのなら、わたくしも着て、夜の営みに臨みますわよ？」

「……任せるよ。俺が求めているのは、無理に着飾って媚びるロディアではないと思う。妻として好いているのだから、そのままの自分で寝室に来てくれればいい。小細工はいらないよ。それだけでいいんだ」

ロディアの後ろで、くすっ、と笑う声が聞こえた。

……ネイはいったい、ロディアと俺、どちらに対して笑ったのだろう。

「まだ何か、言いたいことがあるのかな？」

「い、いえ。ごめんなさい、変なこと聞いて♥」

「……？　ロディア？」

「な、なんでもないですわ♥　話は終わり。前を見てくださいませ」

ロディアもロディアで、上ずった声をしていた。

貴族としては一夫多妻はアリだし、複数の妻を養うだけの財も蓄えている。

その意味では、ロディアを受け入れる態勢は既に整っている。

が、まったく性格の違うふたりが同時に俺のそばにいるというのは、なかなかに大変なことなのかもしれないな。

少なくとも、屋敷が賑やかになりそうだ。

そうして無事にシンセに帰り、モリス爺に事の顛末を話すと、爺は嬉しいやら悲しいやらといった、複雑な顔をしていた。

あれ程までに結婚を渋っていたレオン様が、数ヶ月で側室まで持つようになるとは、わしの苦労はいったい何だったのだと、頭を抱えていた。

それに関しては、誰彼構わず女を集めるだけ集めておきながら、魅力的な女性を見いだしてはいなかった爺にも責任があると言いたい。

まぁ、その騒動のおかげで、俺はネイを娶ると心に決められたわけだし、ロディアとも深い関係を持とうとしているわけだから、爺のしたことを無意味だと切って捨てるわけにはいかないが。

とはいえ、まずはロディアとの婚姻を進めなければ。

慌ただしい数日が過ぎ、やっと落ち着いた夜。

ロディアは普段通りの服装で、俺の寝室へとやってきた。

「手続きとやらは、済んだのよね」

「ああ。戸籍の上でも、既にロディアは俺の妻だ」

「なら、後は実際に契れば、名実共に、となるわけですのね」

パーティー会場でも着ていた、彼女の正装。

肌の露出が大きく、男を誘い、油断させるかの如き服。

そんな彼女の姿に俺も昂ぶり、ペニスを肥大化させる。

ただ、いざ事を始めようかというときに、彼女は大胆な行動を取った。

「……っ……それじゃ、レオン……私を、見て……」

自ら服を脱ぎ、肌をすっかり露出させたロディアが、自分の肌へと指先を滑らせる。

「道中に、ネイに教わりましたの。レオンとセックスするときは、まず自分の準備をしないといけないって」

おずおずと、恥ずかしそうにロディアが足を開く。

股の間に差し込んだ右手が、彼女の秘芯に触れる。

「んっ……ふ……あ、あっ……こうすれば、いいんですわよね……レオンのおちんちんを……手でしごくのと、同じで……自分の、ここも……指でいじると、濡れてくるって……おちんちんが入る、おまんこになるって……ふ、ふぁあっ！」

まさか、美女の自慰を間近で見られるとは。

ここは風俗でもなければ、ロディアは水商売の出でもない。むしろ指先は性器の扱いに慣れておらず、力加減や触れる場所も探り探りといった感じだ。

ただ、彼女は自分を昂ぶらせる行為そのものに、軽く酔いしれている。

男の前で痴態を晒し、俺を誘うことに快感を覚え、喘ぎ声を上げている。

「はぁ、はぁ……どう、かしら……準備、そろそろできているかしら」

早く抱いてほしいと、ロディアがねだる。

軽く濡れ始めた初物の秘芯を、ペニスで味わいたくなった。

が、もう少しこのレアな光景を楽しんでいたい、という欲求があるのも確かだ。

「濡れ方が足りないな。女の性感帯を教えてやろう」

「えっ？　そ、そう……なの？　それって、どこですの？」

「無闇に穴の中を刺激するより、割れ目の少し上にある豆粒を指で愛撫したほうが効果的だな。わかるか？」

「割れ目の、少し上？　私の……あそこの中ではなくて？」

「穴の少し上を撫でてみればわかる。尿道、つまりおしっこの穴のもう少し上に、乳首のようにコリッと隆起している部分がある」

「……コリッ、て……えっ、あ、こ、ここ……ひ、ひぃんっ！」

クリトリスに触れた瞬間、快感を知らない身体がびくんと震え、縮こまる。

「……今の感覚、怖いか？」

「っ……す、少し……でも……なんだか、気持ちいいのは、わかりますわ……」

「そこは、クリトリスという器官だ。覚えておいて損はない」

「……ここを、いじり続ければいいんですのよね？」

「ああ。その姿を俺に見せてくれるなら、さらにいい」

ロディアが、本格的にクリトリスを刺激し始める。

少しずつ、指先が器用に動くようになる。明確な快感が、彼女の身体に響いていくのがわかる。

「んぅ……ひ、ひゃぅっ……くふ、ふぅ……ひ、ひんっ、ひぃんっ……！」

「左手が空いているなら、胸も揉むともっと気持ちいいぞ」

「ふぁ、あっ……！　ん、んぅう！　あ、あっ、乳首……こりこりするの……クリトリスと、いっしょ……あ、あぅ、わかるっ……気持ちいいの、わかってしまうっ……！」

ネイが焚きつけたオナニーショーが、どんどん淫らになっていく。

胸をまさぐり、股間から蜜を溢れさせ、ロディアが肌を紅潮させていく。

彼女の口から漏れる吐息が、切羽詰まったものに変わっていった。

「ん、んぅ！　ひぁ、はっ、はぁあぅっ……！　あ、あ、あっ、なにこれ、なんだか、じりじり、ばちばち、変な、感じっ……」

「その感覚に集中すると、イけるぞ」

「い、イけるって、なに……あ、あっ、でも、ネイが言ってた……気持ちいいのがたくさん溜まるとイくって。絶頂するって。それが……レオンと契るときに、目指す快感だ……って」

ネイがロディアに施した教育は、なかなかに偏った、そして尖ったものらしい。

だが、俺とセックスをするならばそれくらいは淫らになり、興奮したペニスを受け止めても壊れないくらいの濡れ具合になってもらわないと困る。

「っ、ふ、ふぁ……あ、あひ、ひぁ、あぁあっ……！　な、なんだか、わかる気がしますわ……わたくし、そろそろイってしまいそう……自分で、あそこをいじってっ……はじめて、わたくしっ……く、くぅう！　ひぅ、ひぁぅっ！　あ、あ、あっ、きもち、きもちいいっ！　きゃふっ、ふぁ、あっあっあっ、あはぁっ、んぁぁぁぁあぁあああッ！」

ひときわ大きく喘いだロディアが、ぎゅっと背筋を縮こまらせる。

そのまま、二度、三度と身を震わせ、自ら作った快感の奔流を受け止めていく。

軽く絶頂した彼女は、息を整えることもできず、目をとろんと蕩けさせてベッドに身を投げ出していた。

……なかなかに、いい見世物だった。俺ももう、我慢がきかない。

「準備ができたようだし。もらうぞ」

「ふぁ……？　あっ……レオン……」

「そのまま、力を抜いて。どうしても耐えられなかったら、我慢せずに言うんだぞ」

「っ……え、ええ……ん、んんっ……！　くぅうっ！」

真正面からの、正常位。

未だに絶頂の余韻で細かく震えるスリットへと、極限まで硬くなり、反り返ったペニスの先端をあてがう。

ちゅく、と湿った音がして、亀頭が軽く吸い込まれるような感覚があった。

初めてであっても、ここまで濡れて快感に浸っていれば、なんとか挿入できるだろう。

「んぁ……！　あぐぅっ……！　ぐ、レオン……おっきい……お、お待ちなさい、おちんちん、私が手でしごいたあのときより、太くなってませんか……？」

「ロディアがここまで淫らな姿を見せてくれたから、こうなった。すまないが、俺ももう自分を抑えることができない」

「っ……！　う、うぁっ……！　ひぐ、ぅぐぅうっ、ぐ、レオン……レオン……っ！　ひっ、んぎ……っ！　あぎっ、ぃぎぃぃぃぃいいいいいいいいい……ッ！」

ロディアが苦悶の表情を見せる。

処女膜が、侵入者を押し戻そうと懸命に抵抗する。

膣口も、もうこれ以上開かないといったふうに震え上がり、力強くカリ首を締めつけてきた。

が、それらを全て押しのけて、ロディアの中へとペニスを挿入する。

みぢりと音を立てて肉塊が埋もれたとき、繋ぎ目から赤い筋が流れ落ちていった。

「か……かはっ……！　うぁ……ひ、ひぁっ……これ、が……レオンとするセックス、なんですのね……お腹、いっぱいに……レオンと、繋がって……ひ、ぐぅうっ……！」

「……痛むだろうが……堪えられるか？」

「え、ええ……最初は痛いと、ネイから聞いていましたので、覚悟はしていましたから……それに、こ、これくらいで白旗を揚げていたら……貴方の妻なんて、務まらないでしょう……？」

「いい心がけだ。動くぞ」

「わ、わかったわ……ひ、ひぅ……！　あっ、ぐ、んぐぅっ……！」

生娘だった女に、痛みを感じないよう施しながらセックスをするなど、どだい無理な話だ。

痛覚よりも強い快楽を与え、感覚を上塗りしていくしかない。

ゆっくりと腰を引き、軽く埋め戻す。それを繰り返しつつ、ロディアの身体に手を伸ばす。

両方の胸をそっと包み込みつつ、乳首を指先で刺激していく。

「……ぁ……！　ふ、ふぅ……んくぅっ……！　んんんっ……！」

先程、ロディア自身が弄っていた指先の動きを真似る。

乳首を刺激された彼女の吐息に、ほんの少しだけ甘い響きが蘇ってくる。

この調子で、彼女の身体から快感を引き出していこう。

「はぁ、ふ、ふぅ……ひぅんっ……あ、あっ……あぐっ……んぐぅうっ……！」

実際に揉んでみて、改めてロディアの胸の大きさを感じる。

ネイも完成された肢体をしているが、ロディアはより女性的な部分が際立つプロポーションをしている。

そんな彼女の処女をもらうだけでも、男として冥利に尽きる話だが、自分のペニスで快楽へと導けたなら、最高の満足を得られるだろう。

「んっ、ふ……ひ、ひぁ……ぐ、くぅ、んぅぅっ……あ、あは……♥　レオン……貴方、おちんちんの見かけとは違って、優しいんですのね……」

「……？　どうした、急に」

「ふふっ。わかりますの。レオンと繋がって、一つになって、わかってしまいましたの。だってレオン、わたくしのおまんこで、おちんちんが気持ちよくなりたいはずなのに、それより前にわたくしのことを気にして、胸とか、いじってくれて……♥」

「……そこまで買いかぶられても困るな。苦痛にゆがむ女の顔を見たくないだけだよ」

「ふふっ、じゃあ、そういうことにしておきますわ。でも……レオンに抱かれて、わたくし今、幸せですの。少し痛いけど、いっぱい、いっぱい幸せなんですの♥」

普段とのギャップが、凄い。

てきぱきと動き、商機あらば逃がさず突き進む、そんなロディアが、ベッドの上でここまで可愛くなるなんて。

「なら、俺も幸せだな。懸命に痛みを堪えて、俺を受け入れてくれる妻がいるのだから」

「ふふっ。じゃあ、もっと幸せ、いただけるかしら」

「……今より、激しくしても？」

「ええ、少し慣れてきたから。大丈夫だと思いますわ」

胸の愛撫は続けながら、腰の動きに少し変化をつけてみる。

ゆったりとした抽送をやめ、腰で円を描いていく。

膣道に肉棒を馴染ませ、体温を共有し、ペニスの形を覚え込ませていくような動きだ。

「んんんぅっ……！　あ、あぅ……くぅぅぅんっ……！」

「これくらいなら、いけるな」

「はぁ、はぁっ……ふふっ、いちいち聞かなくてもいいですわ」

「言っただろう、苦しみを与えたいわけじゃないと」

「本当に、優しいんですのね。おちんちんの動きも、丁寧だし……このままだとわたくし、何をされても許してしまいそうになりますわ」

実際に、ロディアの四肢からは余分な力が抜けている。

彼女はすっかり俺に身を委ね、自分の中の快楽に集中しようとしている。

「……胸を、もっと責めるぞ」

前屈みになって、ロディアの乳首を口に含む。

ちゅうちゅうと吸いつきながら、先端を舌先で転がしていく。

「ひ、ふ、ふぅ……んぅっ、ふ、ふぁ……！　あ、あっ、それ……きゃぅぅぅっ！」

「っ？　痛かったか？」

「違うの。逆……もっと、してほしいかも……」

彼女のおねだりが、俺の背筋を震わせる。

左右の乳房に代わる代わるむしゃぶりつきながら、腰を進めていく。

円運動に慣れてきたら、次は可能な限り奥へと亀頭を進め、小刻みに膣奥を小突いていく。

「ぁ、うぁ……今度は、そういう感じ、なんですのね……レオンの、おちんちんの、長さに……わたくしのおまんこが、作り替えられてしまう感じ……」

こんな短時間で、ロディアは俺の責めの狙いすら理解してきた。

肉竿に押し潰されまいと、ただただ震えて強張っていた膣道が徐々に柔らかく動き、ざわざわとカリ首を撫でてくるようになる。

彼女の体内に眠る淫らな疼きを、感じずにはいられない。

そしてその疼きを、その淫らさを、引き出さずにはいられなくなる。

「んぅ、ふ、ふぁぅっ……くぅ、ふ、ふぅ、んぅぅっ……はぁ、はぁ、はぁっ……」

「ロディア。指、動かせるか」

「んぁっ……あ、ゆ、指……？　私の……？」

「クリトリスを気持ちよくすることは、教えただろう？」

「え、ええ……けど今、自分でそんなことをしたら、わたくし……」

「乱れるロディアを見たい。どんなに淫らになっても構わない」

「っ……！　じゃあ、するわ、ね……っ、ひゃぅ！　くふ、ふぁ、んぁぁぁあっ！」

程なくして始まった自慰行為。

めいっぱい広がった膣口の上で、ロディアの指が性欲に忠実に動いていく。愛液を巻き込みながら豆粒をしごき上げ、押し潰していった。

彼女が快感を得て背筋を震わせると、膣口が内側へと収縮し、ペニスを締めつけていく。

覚え立てのオナニーが、お互いの性感を確実に上昇させていた。

「あ、あ、あ、あぁっ、ふぁあ！　んひ、ひぁ！　くぅうっぅあっあぁあああっ！　や、やぁっ、これ、す、すごいですわ。レオンのおちんちんが、わたくしの膣内で気持ちよくなってるのが、わかるっ……おっきくなって、硬くなって、ぐいぐい、奥、押してきてっ……！」

「こんなに淫らなおまんこで、強くしごかれているんだから、当然だ」

「はぁっはぁっふぁっあぁあっ、ほ、本当……？　わたくし、きちんとセックス、できていますの……？　レオンのこと、そこまで気持ちよくできていますの？」

「ああ。気を抜くとイってしまいそうなくらいには、昂ぶっている」

「っ……♥　じゃ、じゃあ、ちょうだい……精液、わたくしの中にくださいっ……！わたくし、レオンの妻ですのよ。ですから絶対、ぜったい、レオンに満足してもらって、精液を受け止めなければいけませんの」

「……ロディア。本当に可愛いな、お前は」

「ふぇ？　きゃぅ、ひ、ひぁ！　な、なに、おちんちん、速くなって……ふ、ふぁ、あ、あ、あ！　やっあっあぁあああっ、んぁ、あ、あ、あーっ、あーっ、あぁあああーーーッ！」

あくまで無理のない抽送を心がけつつ、ラストスパートをかける。

胸を揉み、撫で上げ、押し潰しながら、深いところに鈴口を届かせる。

ジンジンと痺れてくる腰の感覚に逆らわず、自分の欲を一気に解放する。

「ひゃぅっくぅううんっ、ふぅ、ふぁぅっ、んっんっんぅぅぅっ、ふ、ふぅ、んくぁあぅっ！　ぐ、レオンっ、これイっちゃ、イっちゃうのっ……！」

無意識にだろうが、ロディアの膣口もペニスを逃すまいとさらに締まりを強くして、俺のピストンを感じ取っていく。

絶頂が重なる。ふたりの腰が同時に震え上がる。耳元に響く彼女の甘い声が心地いい。ペニスの根元に堪えきれない疼きが湧き起こる。

イく。絶頂する。射精する。新しい妻、ロディアの膣内に子種を流し込む。

「っ……くぅ……！　ロディア……！」

「ひっひぃぃぃぃんっ、ぐ、レオン……っ♥　だ、だめっ、く、くぅぅぁあっ！　んぁっあっ、あひあぁあああああああああああああ～～～～～～～～ッ！」

理想的な、到達点だった。

びくん、びくんと大きく二度背筋をわななかせて、絶叫に近い声を上げたロディア。

その秘裂の奥深くで精を放った俺。

繋がった部分が快楽で震え、悶えていく。

いつの間にか破瓜の血は愛液によって洗い流され、それに代わって膣内に出した精液が溢れかえり、ベッドのシーツを汚していった。

「はふ、ふぁ……んぁ、あぁ……っ、今……レオンのおちんちんがイって……あの、びゅるびゅるって飛び出す、射精というのを……わたくしの中で、してくれているのね……あは、幸せ……幸せ、すぎますの……」

「大丈夫か、ロディア」

「ふふっ、心配しすぎですの。痛いのなんて、とっくにどこかに飛んでしまっていますわ」

「いや、快感が強すぎて、呆けてしまっているほうを気にしているのだが」

「えっ？　あ……あ、あはは……♥　確かに、そっちは……少々、大丈夫ではないかもしれませんわ。気持ちいいのが、こんなに短い時間で何回も何回もきましたから……おまんこ、ばかになってしまいそう……」

さすがに、生娘を卒業したばかりのロディアに、二回戦を求めるのは酷か。

あんなイキっぷりを見てしまうと、俺のペニスはまだまだたぎってしまう。最低でもあと一度は射精しないと、収まりがつかないのだが。

と、そのとき。

寝室のドアが、外側からノックされた。

「失礼します。レオン様、入ってもよろしいでしょうか」

ネイの声だった。

許可を出すと、彼女が発情した瞳を携えてベッドに上がってきた。

「お許しください、レオン様。本日は新しい妻との初夜ということで、自重しようと心がけてきましたが、お二方の幸せそうな喘ぎ声が私の部屋にまで届いてきて……その、どうにも身体の疼きが収まらず……」

言い方は悪いが、渡りに船だ。

暴れたりないペニスの相手を、ネイにしてもらおう。

そう思い、彼女を引き寄せようとしたとき、今度は俺の隣から、半ば夢心地のような、ふわふわした声が聞こえてきた。

「……あは……ネイ、レオンのおちんちん、欲しかったら……オナニーして、自分でおまんこ発情させなければいけないのでは、ありませんでしたっけ……♪」

甘い声のロディアから問いかけられたネイが、声を喉に詰まらせる。

身震いをした彼女が、懇願するような瞳を俺に投げかけてくる。

「……見せてくれるよな、ネイ。ロディアはそうしてくれたぞ」

「っ……は、はい……」

ロディアと俺の目の前で、ネイが自らを晒していく。

あまり見ることがない、羞恥に染まったネイの表情に、俺もさらに血がたぎる。

それから俺は、激しくオナニーをして果てたネイを、さらに突き崩して連続絶頂させた。

ロディアはぐったりとベッドに横たわったまま、ネイと俺の交わりを見つめていた。

新妻との交わりでは到底できない、昔からの妻との激しいセックスを目の当たりにして、彼女は小さくつぶやいた。

私もあれくらい、できるようになりたいな、と。


ネイとロディア、ふたりの妻を持つ生活は、俺が想定していた以上の効果をもたらした。

性格や得意分野が違ったことが、逆に上手く噛み合ったようだった。

町の経営という実務面でも、ロディアの商才は喉から手が出るほど欲しかったし、身の回りのことはネイが完璧にこなしてくれている。

一日の始まりは、ネイのモーニングコール。

朝勃ちが収まらない場合は、フェラをしてもらいすっきりする。

ロディアは意外にも朝は弱いらしく、ぼさぼさ髪のままで、着崩れたネグリジェ姿を晒す彼女をよく見るようになった。

朝食のテーブルには、朝採りの新鮮な野菜とパン。夫婦揃って美味しくいただいた後で、実務へ。

すぐにシンセの町に溶け込んだロディアは、てきぱきとよく働く。

取引の手続きはもちろんのこと、町のPR活動にも積極的に取り組んで、観光業をはじめとする商機の拡大に専心してくれている。

仕事中でも妻が隣にいてくれるのは、心が落ち着く。出先でムラッとくることもあるが、そんなときは手早くロディアに手や口で抜いてもらい、すっきりする。

夕方、仕事を一段落させて帰宅すると、ネイの家庭料理が出迎えてくれる。特に俺が好きなのが魚の煮付けで、ネイの手にかかると淡泊な川魚も、ふわふわの仕上がりになり美味だ。

貴族として料理人も雇ってはいるが、このメニューはネイがいちばんだった。

それに、これはロディアに驚かれたことでもあるが、俺は衣食で過度の贅沢はしない。

貴族の身分を利用して取り寄せた珍味だとか、献上品の上級肉だとかを好んだりもしないし、この世で一着しかない服を仕立てさせただのといって、自慢する輩とも違う。

そんなものは口に合わないし、肌にも馴染まない。特権階級が贅《ぜい》の限りを尽くして自爆した例は前世でも数多く知っていたので、戒めの意味も込めて、己に言い聞かせているからだ。

あくまでも暮らしは庶民寄り。自分自身の生活をあれこれ改善するその体験が、民の実生活の改善にも繋がっていくサイクルこそが好ましい。民に寄り添う施政とは、まさにこのことだ。

三人で食事をしているうちに、会話は夜のことへと移っていく。

今日はどちらが夜伽をするか、という話から、軽くふたりが意地を張っていくのがお決まりとなっている。

「今日はわたくしが先よ。ネイ、昨日言っていましたわよね。レオンの性欲をひとりで受け止めるのはさすがに限界がある、ロディアが来てくれてよかった、って」

「肉体的な面ではそうなりますが、奉仕の質という点では話が違います。まだまだ今のロディア様の技では、レオン様の性欲を空にすることはできません」

「レオンは最近、わたくしの手コキが上手くなったって褒めてくれますのよ？」

「裏を返せば、それ以外の奉仕はまだまだだ、ということになりますが」

昼のノリのまま突っかかっていくロディア。

対して、冷静沈着に見えて、言葉の節々に我の強さがにじみ出ているネイ。

ふたりとも愛おしい、俺の妻だ。

「ねぇ、レオン！　貴方はどちらを抱きたいんですの？」

ネイを論破できないロディアが、たまらず俺に裁きを求めてくる。

「私は、レオン様の求めに応じるまでですので」

一方のネイも、口ではそう言いながら、スカートの奥で太ももを擦り合わせる。

こういうときの、俺の答えは決まっている。

どちらも最愛の妻だ。分け隔てなく愛と性欲を注ぐのが一番いい。

「なら、ふたり同時に相手をしてもらおうかな」

言い争っていたふたりも、いざ寝室に行くと大人しくなる。

しおらしくなったロディアが、自分のほうが妻として後輩だからと、ネイにあれこれ教えを請うのがお約束となっている。だから俺も、いきなりセックスを求めるのではなく、まずは奉仕をしてもらうのが常だった。

「ロディア様、手以外の奉仕も、徐々に極めて参りましょう」

「なら、今日はお口で？」

「いいえ。胸を使います」

「えっ？　胸？　おっぱい？」

「女性の肉体は、どこでも男性の精を受けることができるように作られておりますので。ロディア様の豊満な膨らみを使わない手はございません」

いつものように、ネイがプレイを組み立てる。

俺は基本的に、ペニスを勃起させているだけでいい。後はふたりが淫らになっていくのを楽しむだけだ。

「では、ロディア様。胸を使ってご奉仕を」

「お、お待ちなさい。いきなり言われてもわかりませんの」

「今までの性交渉で、わかりそうなものですが」

「ネイはもう、ご奉仕はお手のものなんですわよね。お手本、見せていただけます？」

ネイが胸元をはだけさせ、俺の股間に谷間を寄せてくる。

「よろしいですか？　おちんぽは、包まれ、擦られ、締めつけられることで快感を得ます。それには、身体の部位に制限はありません。なので……こういうときは、女性の象徴でもあるおっぱいの谷間が、有効活用できるのです」

　ふわふわとした膨らみに、肉竿が挟み込まれる。

「こうして、おちんぽに谷間を密着させ、左右から寄せていき、適度な圧をかけると……殿方から見て、おっぱいが、おっぱいまんこになるのです。わかりますよね、ロディア様」

「…………」

「ロディア様？　どうなさいましたか、ぼーっとして」

「え？　あ、すみません。なんか今日のネイ、えっちだな、と……いきなりおちんぽなどという言葉を使って、しかもおっぱいまんこなどと……なかなかに、エロい響きを……」

「先程も言いましたが、女性の身体は全身がおまんこになり得るのです。手まんこ、腋まんこ、膝裏まんこ、足裏まんこと、どこでもレオン様にご奉仕できるようにならないといけません。そのためには、自ら淫らに……」

「わ、わわっ！　わかった、わかりましたわ！　きちんとおっぱいでご奉仕しますわ、だから卑猥な単語を連発するはやめてくださります？　わたくしまで恥ずかしくなりますわ！」

　促され、おずおずと肌を寄せてくるロディア。

　横に身体をずらし、ロディアが奉仕するスペースを作るネイ。

　ペニスに感じる膨らみが、倍の４つになる。

「……レオン、こう……ですの？」

ほんの少し不安そうな上目遣いが、たまらない。

そのまま続けてくれ、と言ってくしゃりと頭を撫でると、ロディアが嬉しそうに表情をほころばせる。その変化が、さらにたまらない。

「ロディア様、もっとおっぱいを密着させましょう。おちんぽに、ぎゅ、っと」

「ぎゅ……？　これくらいかしら」

「もっとです。むぎゅーっと」

「むぎゅー？　むぎゅー……むぎゅーっ……♪」

本来のおまんこに比べると、締めつけは緩い。

ただ、圧力の種類が違う。じんわり、ゆるゆるとした快感が、少しずつペニスの根元から湧き上がってくる感覚が心地いい。

「ロディア様、おっぱいを軽く揺らしていただけますか」

「……？　あっ、なるほど？　おっぱいは、おまんこだから……しこしこ、するんですのね？」

ロディアもロディアで、飲み込みが早い。

今までの経験とリンクさせて、自分の身体を使っていく。

「軽く、揺らす……おちんちんと、触れ合わせるみたいに……んっ……」

奉仕の熱が、上昇していく。

ネイとロディアの体温が、直にペニスへと伝わってくる。それこそ、本物のおまんこに引けを取らない温かさが竿を包んでくる。

「んぅ……ふ、ふぅ……な、なんだか、おちんちんがこんなに間近にあると……わたくしも、興奮してくる感じが……」

次第に頬を紅潮させるロディア。

「そろそろロディア様も、自分の興奮を淫らな言葉に乗せてレオン様に伝えられるようになりましょうか。おちんちん、は少々上品すぎますよ」

そんなロディアを、さらに煽るネイ。

「つ……そ、そうね……大好きな、レオンのこれ……えっちのときは……お、お、おちんぽって言ったほうが、いい……ですわよね」

妻たちがより淫らに、そして魅力的になっていく。

「んっ……こ、これは、どっちに聞いたほうがいいか、わからないけど……えっと、その。ねぇ、ネイ？　レオン？　こういう場合、わたくしもおっぱいで気持ちよくなって、いいものなんですの……？」

ロディアの性欲が、こぼれ始める。

「レオン様に許可をいただきたいのであれば、もっと淫らに懇願すべきですよ」

その性欲の火に薪《まき》をくべるネイ。

「別に自慰をしてもいいが、奉仕はおろそかにしないでもらいたいな」

そう言って、さらに楽しむ俺。

「じゃ、じゃあ……して、しまいますわね。乳首オナニーしながら、おっぱいでご奉仕……んっ、ふ……くふ……んっ、んっ、んんんっ……！」

胸を寄せていた両手が、乳首を巻き込み始める。

自慰のせいで興奮し、しっとりと汗をかき始めた谷間が、ペニスをより熱くする。

「んぁ……はぁ、はぁ……レオン……透明なおつゆ、出てきましたわ……これ、舐めていいんですのよね。レオンのこれ、好きなんですの。おちんぽの先走り、美味しいから、ぺろぺろしたくなるんですの……っ」

「もちろん、いいぞ。その代わり、とびきり淫らに舐めてくれ」

「ええ……ん、ちゅる……れぅ、ぴちゅ、ちゅくっちゅむっくちゅるぅっ……♥」

いい感じに、奉仕も激しくなってきた。

俺も快感を貪るべく、腰を前に突き出す。

「……レオン様、失礼します。私にも、おちんぽを味わわせてくださいませ」

亀頭に感じる湿り気が、二つになる。

小さな舌が踊り、鈴口を中心に交わっていく。

「んく、くちゅる……れぅ、ぴちゅっちゅくくっ……」

「んぅ……！　あぅ、ネイ、舌……これ、ネイと、キス、しちゃう……」

「私は構いませんよ。むしろ、ロディア様の唇であれば、愛撫を交わすのが当然です。レオン様が愛する女性を、レオン様の妻である私が愛するのに、何の問題もありません」

「っ……その理屈は、よくわからないけど……確かにわたくしも、ネイの舌、ぺろぺろしちゃってもいいって気には、なっていますわ……♥　なんだか、そのほうがレオンも、興奮してくれそうな気がして……♥」

妻同士の、亀頭越しの百合キス。

３Ｐなんていう贅沢なプレイをして、さらにこんな刺激的な画を拝めるとは。

ネイと交わっていたときも感じていたが、ロディアを迎えた今、より強くこう思う。

この世に転生してきてよかった、と。

「んぅ……ネイ……ん、ちゅ……ぴちゅる、ちゅくくっ……」

「れぅれぅ、れりゅ、ぬりゅぅ……ロディア様、カリ首のへりを、もっとくすぐるように……」

「こ、こうですわよね……ちゅ、ちゅぷ、んく、ぺろ、ぺろ、ぬりゅ、れりゅれりゅれりゅぅっ」

「いい感じです。レオン様のおちんぽを、このままおっぱいまんこで包みながら、舐め溶かしていきましょう」

パイズリの共演。左右から圧されるペニス。亀頭をしっかりと捉えてくる舌先。

さらにネイが頭を前に出し、先端を咥え込んでくる。

「んく、んむ、ぢゅるっぢゅるぅっ♥　んりゅ、くぷ、ぐぷっぐぷっぬぶぶぶっ♥」

「う、うわ、ネイ、ずるいですわ！　わたくしもおちんぽ咥えたいっ！」

「んれぅ、れりゅぅ……んぁふ、いいですよ。代わりばんこ、です」

「えへへ、ありがとう♪　それでは……んくりゅ、くちゅるぅ……んぶ、んぶぶっ、ずぷっずぷっずじゅるぅっ……♥」

左から右から交互に吸いつかれて、ペニスが嬉しい悲鳴を上げる。

ねっとりとしたネイの舌先と、直線的だが一生懸命なロディアの唇が、射精をねだるかのように蠢いていく。

「ちゅぷっちゅぷっんくっくぷぷっ、れぅ、れりゅっ、ぬりゅっくちゅるぅっ♥　ふぅ、ふぅ……んふぁ、今度は、ネイの番ですわ……♥」

「……♥　ありがとうございます、ロディア様。んぐ、くちゅる……んぷ、んぷぷぷっ、ぬちゅっちゅぷっぬぢゅっぢゅるっぢゅりゅりゅりゅりゅりゅりゅぅ〜〜〜っ！」

柔肌に揉み込まれ、舌先でくすぐられ、咥え込んだ唇で念入りに啜《すす》られる。

込み上がってくるものを、抑えられない。一気に腰が震え、性欲が爆発する。

「んぶッ？　っぷぁ！　ひ、ひぁっ……！」

「きゃんっ！　うわ、すごっ……びゅ、びゅって、噴き上がって……」

射精の勢いが、ネイの唇を軽く吹き飛ばしてしまう。

真っ直ぐ上を向いた鈴口から、黄みがかった白濁液が噴き上がり、そのままふたりの頬へ、そして胸元へと落ちていく。

「ぁふ……レオン様、今日も立派な量の射精を、ありがとうございます……」

「えへへ……せーえき、かけてもらいましたの……すっごい、えっち……」

「ロディア様……んっ……♥」

「ん……ネイ……んく、んちゅ、ちゅむっ……♥」

ネイの頬に、ロディアがキスをする。

ロディアの胸元を、ネイの舌が這う。

そうやって、互いの肌にこびりついた精液を舐め取り合って、喉の奥にしまっていく。

「ぁふ……ロディア様。レオン様の精液、全部飲み込みましたか？」

「もちろん。あ、でも……まだ、残ってるかも」

「では、確かめさせていただきますね……ん、ちゅ……れぅ、ちゅぷ……」

「ん……♥　んく、くちゅる……ちゅぷ、ちゅくくっ……」

口腔のチェックという名目の、女同士の熱烈なキス。

白濁液を巻き込みながら、舌と舌が交わっていく。その光景が、俺の興奮にも繋がった。

「んふ……ぁふ……♪　ふふっ、ねぇネイ、今日はずっと、この感じでいきましょう？」

「この感じとは、どのような？」

「わたくしたちがキスしたり、触りっこしたりするのを、レオンに見せながらするんですの。レオンはきっと、女性同士でえっちなことするのが好きなんですわ。ほら、出したばっかりなのに、おちんぽ、がっちがちに硬くなっていますわ♥」

「なるほど。では、このようにして、三人でセックスをするのはいかがでしょう。レオン様に横になっていただいて……ロディア様が、そちら……私が、こちらで……」

「えっ？　その格好だと、先にわたくしがおちんぽをもらってしまいますけど、いいんですの？」

「構いません。私も、レオン様の顔におまんこを埋める、破廉恥な格好で……レオン様の舌をおねだりしてしまいますので……♥」

「う、うわっ、ネイ、大胆……わ、私も負けてられませんわ、おまんこで直接、レオンに思いっきりご奉仕するんですの！」

ロディアが騎乗位でペニスを咥え込み、ネイが顔面騎乗で舌をねだる。

俺の上で向かい合ったふたりが、唇を重ね、胸を揉み合う。

「んぁっ……！　ふ、ふぁ、あはぁっ……！　レオンのおちんぽ、すごいっ……気持ちいいっ、気持ちいいんですのっ……！」

「ロディア様、もっと乱れて、レオン様を悦ばせて……ん、くちゅる、ちゅぷぷっ……♥」

熱い夜が、続いていく。

汗と体液にまみれた肢体が、ベッドの上で淫らに踊る。

交われば交わるほど、ロディアは奉仕や腰使いを覚え、淫らになっていく。

ネイも静かに発情し、俺に精を求め、ねだってくるようになる。

その後、俺はロディアに一回、ネイに一回ずつ精を注いだ後で、お掃除フェラでさらにふたりへ白濁液をぶちまけた。

くたくたになって、三人とも裸のまま眠りにつく。

それでも翌朝になると、いつの間にかネイは寝床から抜けてメイド服に身を包み、朝食の支度をしてから俺たちを起こしに来てくれた。

一糸まとわぬ姿で寝こけていたロディアが、小鳥の鳴き声とネイのモーニングコールでようやく目を覚まし、全裸だということに気付いてシーツをたぐり寄せ、昨日のことを思い出して赤面するまでがセットだ。

妻同士の関係も良好。

毎日のセックスも、より刺激的になって、俺の性欲も満足している。

俺の転生ライフも、ここまで充実したものになった。

後はこの幸せを、どうやって維持、発展させていくか、だ。

第三章　成長する妻たちと

幸せな時間は、続く。

ロディアを妻として迎えてから、シンセの町はより効率よく動くようになった。

期待したとおり、彼女の商社にいたという腕のいい商人が数人、アルムフォート家の扉を叩き、シンセの町のために商売を始めてくれた。

彼ら独自の販売ルートを町に組み込むことで、物流の滞《とどこお》りが解消されていく。

取り扱う物品の数も増え、民の生活がより豊かになる。

俺も、週に一度の狩りを他の公務で潰されることがなくなり、ほくほく顔だ。

自分専用の業物を腰に佩き、シンセの領土を巡回する。獣の駆除と平行してモンスターを倒し、レア物を探す。剣を振るい、アドレナリンが溢れたところで、その昂ぶった身体を妻に慰めてもらう。

いつものサイクルだが、時間に余裕があることで狩りの中身も濃くなり、妻が増えたことで発散の仕方もより刺激的なものになるのだった。

「おかえりなさい、ですわ」

その、とある狩りから帰った日。

その日の出迎えは、ロディアだけだった。

「……ネイは？」

「今日は、レオン様へのご奉仕ができない身体ですの」

「ああ……。わかった、身体を大事にするようにネイに伝えておいてくれ」

「……ええ」

ロディアが軽く、唇を尖らせる。

「……どうした、ロディア。不服そうだな」

「やっと、わたくしの名を呼んでくれましたのね。目の前にいるのは、わたくしですのに」

「ああ、そういうことか。可愛い焼き餅だな」

焼き餅、と言われて、ロディアが文字どおり焼いた餅のように頬を膨らませる。

「…………むぅ……」

「やれやれ。機嫌は直らないのか」

「それはそうですわ！　ネイがいないぶん、わたくしがレオンのために頑張らないと、と意気込んでいましたのに。そんな、わたくしは二の次のような態度を取られては……」

「ははっ、確かにそうだ。なら……」

「えっ？　きゃっ！」

ロディアを抱きしめて、耳元で囁く。

「今夜は、普段ネイを抱くように……いや、ネイにするより激しく、お前に欲の限りをぶつける。ロディアをとことん味わわせてもらう。それでいいかな」

ここでようやく、ロディアの機嫌が直る。

身体の力を抜き、俺に身を預け、身体の芯を火照らせてくれるようになる。

「し、しかたありませんわ。今日はそれで許してあげますわ」

「……ネイにするより激しく、と俺は言ったからな」

「つ……♥　う、うぁ……♥　レオン……っ♥」

自分で蒔いた種だ。ロディアには覚悟してもらおう。

「まず、汚れを落とさないとな。ロディア、湯浴みの用意を」

「え、ええ……♥」

狩りの装備を脱ぎ捨て、風呂場へ。

当然、ロディアも一緒に風呂に入ってきた。

「背中を流してくれ」

「……えっと、背中だけですの？」

「ああ、そうだが？」

「……っ……」

風呂では彼女に手を出さず、彼女に奉仕もさせなかった。

俺はあえて、夜まで待った。

激しく犯されると宣言されたロディアは、早々にペニスをねじ込まれるものだと思っていただろうし、まさか焦らされるとは思ってもみなかっただろう。

風呂を済ませ、軽く夕食を食べ、冷えに冷えた新鮮な井戸水で喉を潤す。

夜の営みまで、時間をたっぷりと取る。

分単位で、彼女が焦れていくのがわかった。鼻息を荒くし、太ももをすり合わせているのが、俺の目にもわかるくらいだった。

当然、夕食を用意してくれたネイも、彼女の異変を察知した。何か言おうとしたネイだが、瞬時に俺の狙いを理解したのか、彼女もロディアを放置してくれる。

食事を終えて寝室に向かうとき、ネイは俺にだけ聞こえるよう、そっと耳元でつぶやいた。

「ロディア様を妻にお迎えするときもそうでしたが。レオン様は、女性をその気にさせるプロなのですね」

「……いや、ネイ？」

「レオン様同様、ロディア様も相当に発情されておりますので。今宵は私、耳栓をして眠ろうと思います」

…………。

妻同士の仲はいいし、俺もふたりに同様の愛を注いでいるつもりではある。

だが本能的な部分では思うところがある。女は怖いな、と。

ただ、ひとたびベッドの上へと場所を移せば、俺も妻も互いを求めるだけだ。

「っ……レ、レオン、もう、いいんですわよね。寝室に来たということは、おちんぽにご奉仕してもよろしいいんですわよね」

ロディアの瞳が、濡れに濡れている。

何もしていないうちから、彼女の太ももを愛液が伝い、滑り落ちていく。

彼女の中の雌の香りが秘裂からこぼれてしまい、俺の鼻をくすぐってくる。

「今のロディアなら、奉仕より、すぐにでも貫いてほしいんじゃないか？」

「っ♥　い、いいんですの？」

「いいも悪いも、もうロディアのおまんこはそのつもりで準備を終えているだろう」

半ば強引に、ロディアの服を緩める。

最低限だけ局部が出たところで、そのまま彼女をベッドに押し倒す。

「生娘でなくなって半年ほどか。俺の妻もなかなかの淫乱に育ったものだよ」

「レオンのたくましいおちんぽに、毎晩のようにあれだけ犯されているのですから、当然ではなくて？」

「……言われてみれば、確かにそうだ」

「…………えっ」

「……ん？」

性器同士は既に触れ合っていて、亀頭と膣口がじゃれ合っている。

その状態で、一瞬、ふたりの動きが止まる。

「……レオン、どうしてそこで納得してしまうんですの？　こういうときの、わたくしに対する一言は、『自分の淫乱さを夫のせいにするなんて、なんてはしたない女だ』とかではなくて？」

「いや、そうも考えたんだが。むしろ性欲を持て余しているのは俺のほうだろう。ロディアやネイには無理をさせている、という感覚が強いのさ」

「……あははっ」

「笑うなよ、ロディア」

「いえ、いいんですの。そんなレオンのことが、わたくしは大好きなのですから」

「むぅ」

「ということで……そんなレオンの、かちこちになったおちんぽも、大好きですのよ」

「……俺も、ペニスをねだって自ら濡れているロディアのおまんこが、大好きだ」

「では、レオンの大好きな場所へ、どうぞお入りくださいませ」

「ああ。ロディアも存分に、味わうといい」

一気に、秘芯を貫く。

ぬめりも締まりも、何もかもが心地いい穴の中で、肉棒が快感に打ち震える。

「ひぅ……！　んぅ、くぅぅぅぅ……ッ！」

ロディアは大抵の場合、挿入直後は歯を食いしばり、口を真一文字に閉じる。

「大丈夫か」

「んぅ……ひ、ひぅ、ふぅ、ふぁぅ……え、ええ。貴方とのセックス自体は慣れてきましたけど、この猛々しいおちんぽを受け入れる瞬間だけは、すごい衝撃で……もう、本当に大きくて、お腹がひっくり返ってしまったみたいに……」

「動き出せば、すぐ馴染むのにな」

「そ、それは、レオンの腰の使い方が上手だからですわ♥」

焦らした後の挿入だから、既にロディアの膣内は出来上がっている。

最初から加減なしのストロークで、温かい膣道を楽しんでいく。

「んぅ！　ふ、ふぁ、ひぁ、あ、あぁああああんっ！」

肉襞の感触を味わいながら、ゆるりと腰を引く。

亀頭が見えるくらいまで抜いたところで、勢いよく腰を打ちつける。

一秒か二秒に一回の、決して速くないピストン。

そのぶん、お互いの性器の様子が、ありのままに伝わっていく。

「んぅ……！　あ、あぅ……！」

ゆるりと抜くと、にちゃ、とへばりつくような水音がする。

「ひぁぁぁあんっ！」

そして一気に埋め戻す。

ぱんっ、と腰と腰がぶつかる音に、ぬぢゅる、と粘液の音が加わる。

ロディアの喘ぎ声と、股間からの淫らな音が混ざり合って、俺の耳を興奮させてくる。

「んぅ……♥　はっ、はぁっ……ふ、ふぁ、あん、あんっ、あんっ、あぁあんっ……♥」

大きな乳房が目の前でぶるぶると震える光景も、なかなかに刺激的だ。

手を伸ばして胸を揉むと、さらにロディアが色づいて乳首を硬くさせる。

それもまた、俺の興奮に直結してきた。

「あ、あぅ……んく、くぅぅぅう！　ひ、ひぅ！　ひゃぅうっ、ひぅぅぅうんっ！」

「……今日も、もう馴染んできたな」

「はぁ、ひ、ひぁあっ……レオンこそ……わたくしのおまんこで締めつけられて、おちんぽが、びくびくと震え上がっていますわよ……♥」

「はは、そこまで伝わっているんだな」

「わたくしのおまんこも、どれだけ淫らになっているか、レオンに伝わっているでしょう？」

「ああ。健気に竿を締め上げてきてくれている。最高に心地がいいぞ」

「……♥　なら、もっと心地よく、気持ちよくしてあげますわ……♥」

最近になって、ロディアはおまんこでの奉仕に目覚めた。ネイほどではないが、自分で膣圧を変化させて、襞でペニスをしごくことができるようになった。

俺が抽送を繰り返していくと、じんわりとロディアが締めつけを強くする。ペニスとおまんこがより深く、甘く交わるようになり、一気に快感が膨れ上がる。

「はぁ、ふ、ん、んぅ……くぅ、ぅぅんっ……！　ふ、ふぅ、ん、ん、んんんっ♥　ひ、ひぅっ、ふあ、あ、あっ、あはぁあっ……♥」

「く……！　ロディア、少し締めつけが強いぞ」

「ふー、ふーっ、はぁっはぁっ……んふふっ♥　緩めてさしあげませんわよ♥　今日は焦らされたぶんだけ、わたくしも最高に発情しているのをお忘れですの？」

「まぁ、相応の名器になりつつあるのは確かだよ」

相当に、気持ちがいい。俺の腰は甘く痺れ、気を抜くとすぐに射精してしまいそうなくらいになっている。

「くすっ。どんなふうな名器か、聞いてもよろしくて？」

「とにかく、襞の連なりが細かい。動くと竿やカリ首が無数の舌で舐め溶かされるような感覚に陥る。ネイのおまんこは入り口の締まりが強く、吸い込まれていく感覚が心地いいが、ロディアのこは、とにかく突いてペニス全体で感じたくなるおまんこだ」

「……♥　ふぅん？　おまんこも、人それぞれあるのですね。わたくしとネイは、そんなに味わいが違うものなのですか……んっ、ふ、んく、くぅぅぅっ……♥」

甲乙つけがたい。いや、どちらが上かなどという考えは浅はかだ。

おまんこにも個性がある。ネイはネイの、ロディアにはロディアのらしさがある。それに合わせて腰を振り、最大限に快感を得ればいいだけだ。

「はっ、ふ、ふぁ、んぁあっ……あ、ひ、ひぁあっ、んぁっあぁあっ！　はぁ、はぁっ、レオン……そろそろ、おちんぽが射精したがってくるころ、ですわね……♥　根元から震えて……んぁっ、わたくしの膣内で、ぷっくりと膨れて……ん、んぅ、ひぁぅっ、あぁあぅっ……！」

射精のタイミングも、ロディアに筒抜けだ。

逆に俺にも、ロディアが達するタイミングがわかる。

「くぅう！　うぁ、あ、あぅっ、ひぁああぅっ！　やぁ、あっ、あん、あん、ふぁっあぁあんっ！　レオン、ひ、ひぃ！　んぃっいっいぃいいいいいいいいいッ！」

一緒に達するべく、腰の回転を速める。

ストロークは変えず、入り口から奥まで膣道を全て擦り上げつつ、さらに深いところを目掛けて腰を打ちつけていく。

「くぅうっうぁああっ、あ、ぁ、あ、あん、あん、ひぁっあっあぁあああんっ！　や、だ、だめですわ、こんなにされたら、わたくしもっ……くぅ、うぅう！　ひゃぅぅぅうっ！」

「ロディアの絶頂を感じながら、射精したい。いいよな？」

「はー、はーっ、い、意地悪ですわ……そんな、今すぐイっていい、というような……むしろ、今すぐイけという、命令にも近いことを……あぅ、うぅっ、身体が反応して、ひ、ひぅぅう！」

ぎゅっと膣道全体が収縮して、ペニスを包み込む。

がくがくと腰が震え出す。快感が一気に弾け飛び、背筋を強張らせる。

「くぅ、う、うぁあっ！　だめ、レオン、イっちゃ……あ、あ、ひぁぁあああああっ！」

絶頂が重なる瞬間、俺たちは手を取り合って、強すぎる衝撃を受け止めていく。

「ロディア……！　く、くぅうう！」

「あ、ぁ、あ、あぁあああっ！　やぁっあっんぁぁぁあぁあああ～～～～～～～ッ！」

ぶわっと汗が噴き出る、この瞬間がたまらない。

交わっている場所は手のひら程度の面積しかないのに、気持ちよさが電気の粒になって身体の隅々まで伝わっていく。

そんな絶頂の瞬間を極上の女性と分かち合える、こんな幸せが他にあるだろうか。

「はっ……はぁ……ひ、ひぁぁ……す、すごい……おちんぽ、跳ねて……今日も、たくさん……どくん、どくんって……」

最高の、他には決してない幸せだ。

だからこそ、一度や二度味わったくらいでは、満足できない。

「ロディア、もっとだ」

「んぅ……？　えっ、あっ、う、うそっ……ひ、ひぅぅ！」

強引に彼女の身体をひっくり返し、後ろからペニスをねじ込む。

ぬぢゅ、ぱちゅん、と派手な音を立てて、再び俺たちが繋がっていく。

「くぅぅうぅぅんっ！　ひ、ひぁぅ、だめですっ、レオン……わ、わたくし、イったばかりで、こんなにされたら、おかしくなってしまいますわ……♥」

「ロディアだって本心では、おかしくなるくらい犯されるのを望んでいるだろう？」

「っ♥　それは、そう……ですわ。このおちんぽに……一度膣内《なか》出ししたくらいでは絶対に衰えない極太おちんぽに、めちゃくちゃにしてほしいですわ。ただ……今日のレオンが、普通ではないくらい溜まっているのもわかりますの。だから……」

「だから？」

「……わたくし……壊れて、しまいそうで……♥　それが、少し怖くてっ……♥」

「怖い、という響きではないな。壊れるくらいの快感が欲しい、が正解だろう」

「そんなっ……♥　あ、あぅ！　や、やっ、動かしちゃ……ひ、ひぅ、あぐぅぅぅうっ！」

後背位での交わりは、必然的により激しいセックスになる。

突くというより、突き崩す。

形のいい尻を撫でながら、先程と同じように、ペニスの長さをふんだんに使ったストロークで膣道の締めつけを楽しんでいく。

赤黒い肉棒が出たり入ったりを繰り返すたびに、目の前の腰がわななないた。

しなやかな背筋が震え上がるのが色っぽくて、俺の興奮がさらにかき立てられていく。

「んぅ、ひぅうっ！　やっあっ、あひ、ひぁあ！　んぁっあぁあああああっ！」

これ見よがしに、乳房が前後に揺れる。

強すぎる快感にロディアの肘から力が抜け落ち、上半身をベッドに突っ伏してしまうと、今度はその大きな乳房がシーツに潰れ、むにゅりと形を変える。

背中側から見てもわかる膨らみが、これまた艶やかで色っぽい。

「ひぅ！　んぅぅうっ！　あ、あぅ、ふぁあぅっ！　んっんっ、んぐ、くぅぅうっ！　だ、だめっ、レオン……おちんぽすごすぎて、ほんと、わたくし、壊れてしまいますっ……！」

「駄目ということはないだろう。喘ぎ声も気持ちよさそうだ」

「ち、違いますわ、そうではなくてっ……気持ちよすぎて、またこのおちんぽにイかされそうに、あ、あっ、だめ、本当に、きちゃ……っ！　く、くぁぅ！　ひぅっんぅぅぅぅぅ〜〜〜ッ！」

肉襞がぞわぞわとうごめき、ペニスに絡みついてくる。秘芯が絶頂に震え上がっている感覚が、俺に伝わってくる。

ただ、抽送は止めない。既に絶頂に到達して、最高の締めつけに変化しているロディアのおまんこが気持ちよくてたまらないからだ。

「ひぐっ、ぐっ、くぅぅぅうぁあぁああああひぁぁぁぁあぁあああッ！　やーっ、やぁぁぁあーっ！　だ、だめ、だめですわ、だめなのっ！　これだめ、だめっ、おちんぽだめっ、じゅぷじゅぷするのらめぇぇぇぇぇぇ！」

「そう言う割に、愛液が溢れて止まらないがな」

「ち、違うのぉっ、わたくし、イって、あ、あひぃっ！　イってるの、イくのとまら、く、くぅ！　んひぅううっ！　これ、とまららくなっひゃぅ♥　ずっとずっとイっひゃぅ♥　凶悪おちんぽにゴリゴリされてイかされひゃぅううっ！　んぁっ、あぁあああッ！　おっ、あっ、あーっ、あーっ、あーーーーーーーーッ！」

絶頂に次ぐ絶頂。

頂点に登り詰め、降りることを許されないロディア。

汗に濡れる腰を掴み、引き寄せ、さらに抽送を深く激しいものにする。

おまんこの膣内もより淫らに変化して、ペニスがひしゃげてしまうくらいに強烈な締めつけで射精をねだってくる。

「あひっひぁひぃいっ！　んぃ、いぎぃいっ！　はーっはーっはーっ、んぐぅっ、ひぐっぅうぅうっ、んぅっくぅうっひぅっあぐぅぅうッ！　あ、あぅ、おちんぽ、また膨らんでりゅ、また出されひゃう！　膣内《なか》出しされてイカされひゃうぅぅっ！」

より奥まで、より激しく。

妻と交わり、妻を求め、妻と快楽を分け合って、最後の瞬間へ。

「あひ、んひぃぃぃいッ！　あ、ぁ、あ、あっ、出てる、出てりゅっ！　しゃせー、きて……あ、あっ、だめ、わたくひせーえきの勢いでまたっ……や、やぁ、イく、イくのっ、またイって、うぁあひぁああっ、あっあっんぁっあぁあああああ〜〜〜〜〜〜〜〜〜〜〜ッ！」

甘かった喘ぎ声は、最後はもう悲鳴になっていた。

連続絶頂でどろどろに蕩けた膣内へと精を流し込んだ瞬間、ロディアは舌を突き出し、背筋を限界までのけ反らせて激しくイった。

俺も、最高の締めつけを受けて、大量の精を吐き出していく。

小さな子宮と狭い膣道で受けきれなかった白濁液が、どろりとシーツにこぼれ落ちる。

「……ッ……く……くひぁ……あぁ……っ」

ひとしきり泣き叫んだ後、ロディアは前のめりになり、シーツに突っ伏した。

半ば、意識を飛ばしてしまったのだろう。口をだらんと開けて荒く息を吐くだけで、俺の呼びかけにも反応しなくなってしまう。

「……凄かった。気持ちよかったぞ、ロディア」

感謝の意を伝え、頬にそっとキスをする。

その時だけは、心なしか彼女が笑って応えてくれたような気がした。


翌朝。カーテン越しに、朝日が頬を撫でる。

セックスの後、裸で意識を失っていたロディアが、ゆっくりと目を覚ます。

「……ん……んぅ……？　あっ、レオン……」

「昨日は、いい乱れっぷりだったな。可愛かったぞ」

「…………！　うぅ……だめですわ、腰に力が入りませんの……」

無理もない。俺の全力の責めを受けたのだから、こうなるのは当然だ。

程なくして、ネイが俺たちを起こしにやってくる。

昨日の余韻が残る寝室で、未だ一糸まとわぬ姿のロディアが、恥ずかしがったり赤面したりする場面だ。

……と、思っていたが。

「ネイ、聞いてくださいな！　レオンったら、ひどいですのよ！」

羞恥に頬を染めるはずのロディアから、ぷりぷりとした声が飛び出した。

「いかがなさいましたか、ロディア様」

「いかがもどうもありませんわ。昨夜の伽のとき、わたくしがいやだと言うのも聞かず、レオンが何度も何度も私をイかせて……」

「多少は、しかたがありません。狩りの後のレオン様は、それはもう猛りに猛っておいででしたでしょうから」

「ええ。多少は、ですわ。わたくしもセックスは好きですし、絶頂する瞬間の心地よさも知っています。ただ、ただですわ！　あんな極太おちんぽで獣のように突かれては、わたくしの身体が持ちませんの！」

ロディアの訴えを聞いたネイが、はぁ、とため息をつく。

今度こそ、『そのようなことでへこたれていては、レオン様の妻として失格です』と、ネイがロディアをたしなめる場面だ。

……と、思っていたのだが。

ネイから出てきた言葉は、まさかまさかの同意だった。

「わかります。見境のなくなったレオン様のお相手をするのは、私でも少々疲れます」

「ですわよね！　絶頂から抜け出せなくなっても、おまんこを突いて突いて突きまくってくるんですもの。絶頂も度が過ぎると、息が苦しくなって、意識を保てなくなって……」

「はい。失神してしまっては、セックスを楽しむことができなくなってしまいます」

「ですわよね！　ですわよね！」

妻を娶って以来、はじめてのアウェイ感。

三人の中で、俺が少数派になることは、今までなかったように思う。

「レオン様」

ネイが、改めて俺を見据えてくる。

真剣なまなざしに、若干たじろいでしまう。

「恐らく昨日は、欲望のまま、ロディア様を犯したものと推察いたしますが……ロディア様のお身体のことも、頭の隅に置いていただけませんか？」

「そうしているつもりだったが……」

「先程ロディア様自身がおっしゃっていたように、おまんこには限界がございます。射精なさるときは、たとえば別の場所もお使いになったり、無理はせず、私たちからの奉仕もお受けになっていただきたく思います」

「む……！　俺が全力を出すと、やはり受けきれないのか……」

「最近のレオン様の感じでは、恐らく私でも、ロディア様と同様に失神してしまうでしょう」

「なんだって？」

驚いた俺の顔を、今度はロディアがぷりぷりと怒りながら覗き込んできた。

「そうですわ！　ネイがご奉仕をするのには、きちんと理由があるんですのよ！　ネイだって、レオンに初めて抱かれたころには、全てを受け止めきれないとわかったはずですわ。だからこそ頑張って、口や手での淫らな技を磨いたのです。そうに違いありませんわ！」

「む……むぅ……そうなのか？」

「ね、ね？　そうですわよね、ネイ？」

「概《おおむ》ね、ロディア様のおっしゃる通りです」

「ねー？　ほら見なさい、レオン！」

「むぅぅぅぅぅ……！」

ここに来ての、新事実。

それは、今までネイですら俺に打ち明けていなかった、女性側から見たセックス事情だった。

言われてみれば、確かにそうだ。

大抵の場合、ネイは最初に口や手を使って、あるいは胸でペニスを挟み込み、一度俺を射精させている。

あれは強すぎる俺の性欲を、ある程度鎮静化させる狙いがあったのか。

そこまで組み立てて俺とのセックスに臨んでいたネイが、どんなに床上手だったかを、否が応でも再認識させられる。

「……わかった。大切な妻たちだ。これからはふたりの身体のことも考慮するよう、もっと気をつけるよ」


人との出会いがあり、付き合いが増えると、新たな発見に至ることがままある。

自分と、その自分を取り巻く環境では想像すらしなかったような考えを、新たな人が持ってくるからだ。

ロディアを妻に娶ってから、もちろん俺も変わった。

特に大きいのは、今まで以上に人との接し方に気を配るようになったことだろう。

なにせ、生娘だった彼女を、俺の異常なまでの性欲をぶつけても耐えられる女性に仕立てていかなければならなかったのだ。

無茶をして壊してしまうのは、彼女の気持ちをむげにすることと同義だから絶対にしたくなかったし、そういう意味では今も綱渡りの感がある。ネイのサポートがなければ、ロディアはもう俺の元から離れていたかもしれない。

そのネイにも、変化があったように思う。それこそ彼女は、専属メイドとして俺が成人する前からついてきてくれていた。俺の意のままに動くメイドだし、いつでも一歩引いて俺の命令を待っている、それが彼女だと思っていた。

が、まさかロディアを相手に、あそこまで前に出てくるとは思わなかった。正妻として、俺の妻の先輩として、自分からロディアと話したり、相談に乗ったり、時には引き立てたりけしかけたりと、最近のネイはとにかく積極的だ。

その積極性は、別の場面では、性行為の奔放さになって現れている。ベッドの上での振る舞いも至って自然だし、今朝の会話も実にオープンだったから、どんなに淫らなことを話題にしても、後味がすっきりしている。

しかもネイは、夜の営みについて俺をやんわりと叱った後、こうも付け加えている。

──『理想で言えば、あとおひとりほど、レオン様のおちんぽの目に適う女性がいるといいのですが』と。

ネイの提案に、ロディアも大きく頷いていた。

俺自身、あまりそういう気はなかったが、愛する妻たちに懇願されると、そうも言っていられなくなる。

こうして、俺の狩りに新たな目的が追加された。

民の生活や畑を荒らす害獣の駆除。

資金稼ぎと自分の運動を兼ねたモンスターの討伐。

そして、三番目の嫁探し、だ。

モリス爺が企画した前の婚活パーティーで、この周辺の貴族や商人連中は、ロディアを除いて問題外だと結論が出ている。色々と考えた結果、狙いとしては、町に住む女性をと考えてみた。

アルムフォート家の領内で、かつ俺の家に直接の繋がりがない人物。領主の貴族がどんな人間かなど興味もなく、ただただ毎日汗をかいて働いているような人。それでいて土地に縛られず、純朴で俺を好いてくれるような女性。

頭で理想を描けば描くほど、そんな女性などいないだろう、という結論に達する。

三人目の妻は、ロディアのとき以上に難題だ。

そんなことを考えながら、俺は森に入った。

今は、狩りの最中だ。カントヒルの村から西へ馬で2日ほどの距離にある、ソルドの村周辺が今日の舞台となる。

ソルドの村自体は、よくある農村だ。カントヒル領土同様に我が領土の北端に位置する田園地帯で、村の中心を川が縦断しており、東には深い森がある。俺の施策によって川の水を引き入れ、農地が潤ったことで、最近は収穫量も上々となっている。

しかし、今月に入ってからの農作物の被害が、例年の五割増しで報告されている。

不審に思った俺は、シンセ直属の討伐隊と共に村へと入った。到着次第、川側を討伐隊に警備させつつ、森側の様子を探っていく。

「これは……足跡。しかも、大きな……」

すぐに、異変に気がついた。

奇妙な足形の凹みが、地面のそこかしこにある。

これは猿や熊のものではない。もっと禍々しい生き物だ。好戦的なモンスターの場合、放っておくと領民の命に関わる。

背負っていた弓を構えつつ、大木に登り、周囲を見渡す。

と、左手、十時の方向から、ギィィイという奇妙な鳴き声が聞こえた。

獣のような、それでいて大きな鳥のような、森全体に響くような大声。

次いで、人間の悲鳴が二つ。甲高い声と、しわがれた声が上がる。

「ちっ！」

悲鳴が上がったほうに向かう。持てる脚力を最大限に使い、木の枝を飛び渡り、伝っていく。

十本、十五本と木々を渡ったところで、眼下に影が見えた。

人がふたり。化け物が三匹。

そう。化け物としか言い表せないモンスターが、三匹だ。手に生えた鋭利な爪が、女性に向けて今にも振り下ろされそうだった。

「待て！」

叫ぶと共に、矢をつがえる。

弦を引き、片目をつむり、狙いを定めて一閃。

鏃《やじり》が三匹のうちの中央にいたモンスターを捉え、背中に生えた翼の根元を抉る。

ギャッ、と、これまた猿と鳥の中間のような悲鳴を上げたモンスター。残る二匹も、突然に起きた襲撃に驚く。

後は、スピード勝負だった。

愛用の剣を抜き、左のモンスターを袈裟斬りに切って捨てる。文字通り返す刀で、右の化け物の胴を薙ぐ。

一匹はギィィ！　と断末魔を上げ、もう一匹は言葉もなく上半身が下半身と分かれて落ちた。

残る手負いの一匹に、上から剣を突き立てて、事が終わる。

「ふぅ。大丈夫か、そちらのお方」

襲われていた人へと歩み寄る。

ひとりは、モリス爺とそう年齢は変わらない女性か。そしてもうひとりは……。

ふんわりとした雰囲気の、美しい女性だった。

「わぁ……救世主って、いるものなんですねぇ～……」

先程まで命の危機に直面していたとは思えない、ぽやぁっとした口調。

未だに森の中であり、周囲に化け物たちの仲間がいないとも限らない、緊張の糸を緩ませてはならない場面だ。が、どうにも彼女の声を聞いたとき、膝の力が抜けそうになった。

「……怪我はないか」

「はい～、おかげさまで、私は大丈夫です～。ありがとうございます……」

「そうか、よかった。いや、私ってことは……あっ、ご老人、大丈夫か！」

うずくまる老人の下に、血だまりができていた。

あのモンスターの爪痕が、背中をざっくりと抉っていた。

即死級の傷だった。

悲しむ女性が看取る中、老婆の魂は天へと昇っていった。


その後、俺は老婆の身体を抱え、女性を護衛しながら森を出た。

女性は、フラウラと名乗った。家はソルドの中心集落ではなく、外れの川沿いにあった。

家に着いたとき、ありがとうございます、ここまでで結構です、とフラウラが頭を下げた。

だが、おそらくは彼女の肉親であろう仏様を残して別れるのも気が引けた。

村長に老人の葬儀の手配をお願いしつつ、自分は墓地に行き、老婆が入る穴を掘った。

領民が思いがけず命を落とす、なんとも心苦しい現場に遭遇してしまった。

このようなことがないよう、施策を進めてきたというのに。

自警団を含め、民を守る力をもっと強くしないといけない。

……しかし、今日のモンスターは、今までに見たことがないヤツだった。

ぱっと見た感じは、猿だった。手が長く、二本足で立ち、猫背で、鋭い牙と爪を持っていた。ただその背中には翼が生えており、体毛や肌の色も灰色で、血の色もどす黒かった。

霊長類や哺乳類ではない。だが、悪魔と呼ぶにも奇妙な姿だ。

獣と獣を合成した、キメラといった表現が最も適しているだろうか。

あのときは、女性を狙って地べたに集まっていたから、木の上からの奇襲が決まった。しかし、キメラ獣の翼が本当に機能し、一時的にも空を飛んでいたら、苦戦したのは俺だっただろう。

果たして、あのキメラ獣は、突然変異による自然の産物か。

あるいは、どこかのいかれた奴の手が加わった、人工的な生物なのか。

そういえば、北西の土地で、モンスターの襲来に苦労している町があるという噂を聞いたことがあったが、関連があるだろうか。

噂の真偽は、まずは置いておくとしよう。

根本的な解決は、モンスターをしらみつぶしに討ち果たすか、あるいは巣を叩くかのどちらかしかないだろう。そう考えると、見通しは果てしない。

とりあえずの策として、村周辺の森への立ち入りは控えるよう、村長にも頼んでおく。

「あの～……」

するとフラウラが俺に声を掛けてきた。わざわざまた、挨拶に来てくれたようだ。

「今日は、本当にありがとうございました。お墓まで……。通りすがりの方に、ここまでしていただいて……どう感謝したらいいのか、わからないくらいです」

さすがに落ち込んだ様子ではあるが、生来のものなのか、どこか明るい雰囲気もある。

この娘、なかなかに掴みどころがないな。

おっとりとして遅いテンポの口調もそうだが、感情表現のしかたがネイともロディアとも違うところが、俺を戸惑わせる。はじめて出会うタイプの女性だ。

「いや、たいしたことはしていない。剣を振るう者として、当然のことをしたまでだよ」

とりあえず、まだ村長にも俺の身分は明かしていない。

「当然のこと、ですか？」

「俺は君より力が強い。そしてモンスターより弱い君が襲われていた。だから剣で君を守った」

チート級の筋力とはいえ、それ以上の能力ではないからな。

「……う～ん、なるほど……？　わかったような、わからないような……」

右に左に、頭をゆらゆらと揺らめかせながら、彼女が考える素振りを見せる。

そこまで難しいことは言っていないつもりだが、彼女を見ていると、逆に俺のほうが説明下手だったのではないかと疑ってしまいそうになる。

本当に、不思議な女性だ。

彼女の様子を見る限り、俺の素性はばれていないだろう。このあたりの村なら、子爵のレオンを知る者はいないだろうしな。

それに今の俺は、森の中で飛び回って剣を振るったことで、泥まみれだ。木々を飛び渡ったときに枝をかき分けたので、擦り傷もたくさんついている。こんな生傷だらけの領主は、普通はいない。きっとフラウラは、俺のことを冒険家か何かだと思っていることだろう。

「あの～……なけなしではありますが、せめてお礼をさせていただけますか？　汚れだけでも落としていってください～」

彼女から出た、お礼という言葉。

俺は脳内で膨らみかけた邪な考えを、理性を総動員させて封じ込める。さすがにここで性欲を爆発させるわけにはいかない。

なんとかそれを抑えつつも、誘われるままお邪魔することにした。

彼女の家は辺り一面が、野菜畑だった。裏手には、蒸し風呂があるという。

へちまのようなスポンジに石けんを含ませ、汗と返り血を洗い流す。

この風呂にも、俺が作った仕組みが利用されていた。

こんな小さな村の家にも、俺が開発を進めた品が常備されており、人々の生活に役立っていることを誇らしく感じる。

風呂から上がると、彼女が食事を用意してくれていた。

「すみません。田舎なもので、ろくなおもてなしもできず」

彼女はそう言って畏《かしこ》まるが、皿に並ぶ料理は俺好みのものが多かった。

最低限の味付けのおひたし。大麦を発酵させて麹《めん》にし、醤油で煮たもの。そして、日本酒に似た味の、透明な酒。

「美味いよ。これは、なかなかに酒が進む」

「ありがとうございます～。おばあちゃんと一緒に作ったお酒です」

「……おばあさま、というと」

「ええ。さきほどの……。優しいおばあちゃんでした」

もう涙一つ浮かべず、頬を歪《ゆが》まさずにフラウラが続ける。とても気丈な姿だ。

彼女は笑みすら浮かべていたが、俺にはそれが、嬉しいという感情には見えなかった。

「君も食べてくれ。俺ひとりにはもったいない品ばかりだ」

「よろしいのですか～？」

「ああ。ほら、お酒も飲めるのならば、杯を持って」

「……はい。ありがとうございます～」

小さな杯に、透明な酒を注ぐ。

フラウラは、それを一気にくっとあおり、喉を鳴らした。

「……ふぅ～……」

「いい飲みっぷりだな」

「はい。おばあちゃんの味を精一杯楽しむことが、供養になるかと思いまして」

「そうだな。いい考えだと思う」

彼女に少し、興味が湧いてきた。

その寂しそうな瞳の奥を、覗き込みたくなる。

「君の家族のことを、聞いてもいいか」

空になった杯を見つめながら、フラウラが語り始める。

「……私にとっておばあちゃんは、残った唯一の家族でした」

「父親や母親は？」

「母は、自分を産んだときに、私と引き換えに旅立ちました。父は、私を育てるために一生懸命働いて……あるとき、ふらりと倒れて、そのまま還らぬ人となりました……」

それからは、祖母の助けもあり、畑で野菜や薬草を育て、生計を立てていたそうだ。

このごちそうを見てもわかるように、祖母は畑で採れたものを、あるものは新鮮なうちに、あるものは保存食として、実に効率よく加工していたらしい。

「君の年齢は？」

「二十四になります～」

「普通なら、結婚している年頃だ」

「はい～。村長さんの手引きで一度、お見合いしてみましたが、結ばれませんでした」

「なぜ？」

「食べ物を粗末にする方でしたので、どうしても好きになれず……。時にはすぐに、手を上げる方でしたから……」

そんな話から察するに、フラウラの半生は決して幸せなものではなかったようだ。

むしろ、不幸の連続にも思える。親と死に別れ、自分を愛するはずの男からはひどい仕打ちを受け、そして今日の出来事だ。

心の拠り所だった祖母を失い、それでも彼女が表情を崩さない理由が、なんとなくわかった。

彼女は、泣き疲れたのだ。泣いてもしかたがないことがありすぎて、哀しさを表現することをやめてしまったのだろう。

「……はは。そんな男とは別れて正解だ。君の料理の腕を認めないなんて、実にもったいないことをする」

軽口を叩きつつ、ふと、フラウラを見る。

酔いが回ったのか、彼女の頬が赤く染まっていた。

「どうした？」

「貴方は私の……私の家の料理を、美味しいといって食べてくれていますよね～」

「ああ。ほんとうに美味いからな」

また、フラウラのほうを見る。

少し様子がおかしい。いったい、どうしたのだろう。

万が一の可能性として、脳の片隅で警告が鳴る。

彼女が敵対する貴族の間者か、あるいは刺客だったときの対処法を考えてみた。

酔いはまだ、そこまで回っていない。彼女の体つきや筋肉の量からすれば素手でもなんとかなる。

……などと、少々物騒なことを考えていたところ、フラウラの口から想定の斜め上の感情表現が飛び出してきた。

「どうしましょう。貴方のことが、好きになってしまったかもしれません」

「うん？　今、なんと？」

「一目惚れとは、このような感情なのでしょうか～。はじめてなので、よくはわかりませんが～」

そう言う彼女の瞳は、純真そのものだった。

フラウラに感情移入してしまうと、俺も彼女のことを好きになってしまいそうになる。

改めて、彼女の容姿を見る。

無造作に頭の後ろで括っている、茶褐色の髪。おっとりとした表情と、ぷるんと膨らんだ形のいい唇。髪型のせいか、首筋から肩口、そして腰へと伸びる女性特有のラインが色っぽく目に映る。

胸や太ももの肉付きも悪くない。特に胸は、悪くないどころかかなりの量感だ。

抱きしめたら心地いいだろうと下半身が判断して、思わず竿を大きくしてしまいそうになる。

「そういえば～、お名前を伺っていませんでした」

「レオン、という」

「レオン……レオン……いい響きですね～。ますます好きになってしまいそうです～」

レオンと名乗っても、彼女はこれといった反応を示さない。

今日は狩りのときのスタイルで、貴族らしい装飾品は何もつけていない服装だったことも相まって、彼女は本当に、俺が領主だと気付いていないらしい。

そっと近づいてきたフラウラが俺の手を取り、指を絡めてくる。

間近に感じる吐息が、熱く、荒い。明らかに、彼女は俺という雄に発情していた。

貴族だの領主だのと、そんな身分は関係なく、俺に好意を寄せている。そんな女を、俺はどうすればいいのだろうか。

答えは、一つだ。迷うことなど何もない。

「フラウラ。今日は、その気持ちだけ受け取っておくよ」

彼女の手を、握り返す。

ただ、これ以上はだめだと、寄せてきた唇をもう片方の手で押し戻す。

抱こうと思えば抱ける展開だ。

正直なところ、ペニスは今すぐにでもフラウラを感じたくて疼いている。

でも、今はまだ、そのときではない。

「あ、あらら？　私、拒否されてしまいました〜？」

「拒否はしていない。俺も、フラウラのことは好ましく思っている」

「だったら、大好き〜ってしてくれても、いいんじゃないですか？」

「好ましいからこそ、今ではないと判断したんだ」

「はい？」

「行きずりの関係で終わらせたくはない。俺と君の出会いが運命なら、時が経っても冷めないはずだ。後日、俺はまたこの村を訪れる。そのときに、改めて君の心の内を聞かせてほしい」

「……ん～、なるほど、そういう考えもありですね～。では私、待ってますね。レオンの言うとおり、気持ちを変えずに待ってますから、絶対もう一度、ここに来て下さいね～」

たぎるペニスを諌めつつ、杯の酒を飲み干す。

そんな俺の頬に、彼女の唇が軽く触れてきた。

「くすっ♥　これくらいの前借りは、いいですよね♪」

スキンシップは、そこまでだった。

後は、互いに酒を酌み交わし、別々の布団に入って夜を過ごす。

彼女の布団から、寝息が聞こえてくるのを確かめた後、俺も目を閉じた。


翌日、俺は屋敷に戻ると、情報の洗い出しを行った。

自警団の活動状況と、領土の被害報告に、改めて目を通す。

最近は自警団の練度も上がり、領内の治安は高水準で保たれている。ただ、その出動回数を見てみると、領土の北側でじわりと増えている。

フラウラのいた村、ソルド。その森での件も含め、カントウェル山脈の麓でも被害が多い。

作物を荒らされたり、領民が傷ついたりといった被害数は、南側の倍にもなっていた。

得体の知れない化け物に襲われて命を落としたケースも、フラウラの祖母が初めてではない。

北側の警備を強化するのと平行して、自警団の増員を模索する。

本業でなくてもいい。畑作業の閑散期に腕を振るってくれるだけでも大助かりだ。

「ずいぶんと熱心ですわね。それ程までに大ごとですの？」

書類をまとめていると、ロディアが執務室に入ってきた。

「ああ。シンセの北側は交易の要だからな」

「それは重々承知ですわ。ただ……レオンが道路を整備して、魔物や獣を追い払うよう組織を作ってくださったので、最近は上手くいっていたのでは」

「魔物の勢いが増している。俺も積極的に狩りを行って間引きをしているが、追いつかない」

「魔物？　そんなに数が多いんですの？」

「数もだが、凶暴化している。森で、猿と鷹の合いの子のようなモンスターとも遭遇したよ。この先、俺たちの常識が通用しないモンスターも出てくるかもしれない」

ロディアも、あごに手を当て、眉間に皺を寄せていた。

「……合いの子の、魔物……わたくしも、調べてよろしくて？」

「ロディアが？」

「ええ。行商人たちという伝手《つて》があるから、わたくしにも情報収集くらい、簡単にできますわよ」

「なるほど。そうしてくれるなら、ありがたい」

シンセを住みやすい町にするため、やれるだけのことをきっちりとやる。それが俺の原点であり流儀だ。

それは今回も同じ。民の命は領土を支える柱だ。その柱を傷つける行為に対して、俺は断固とした措置を取るだけ。

と、今度はいつの間にか、ネイが部屋に入ってきていた。

「レオン様」

「なんだ」

「三番目の妻の候補が、見つかったのですか？」

「なぜ、そう思う」

「最近にしては珍しく、レオン様が躍起になっておいでですので」

一瞬、回答に詰まった。

ネイに対しては、この間が既に回答となってしまってはいるが。

「安心しろ、まだ手は出していない」

「いつ頃、お迎えする予定でしょう？」

「五日後に、団の編成を終えた後に、再びソルドの村へと向かう。最短でそこだな」

「承知しました。では、こちらもいつお迎えしてもよいように、準備を整えておきます」

実のところ、フラウラが待ってくれているかどうかは、わからない。

だが、やれるだけのことは、やるつもりだ。

以前から、自警団の強化と共に改革を進めなければいけないことが一つあった。

それは通信速度の向上だ。

それまでは早馬を使い、伝令を飛ばして地方と中央を繋げていた。しかし、これ以上モンスターの被害が拡大すると、それでは手遅れになる場合がある。

なので、緊急事態を知らせるための伝達手段として、狼煙を使えるように準備を進めていた。

それも、いちいち火をおこして煙を立てるのではなく、花火を用いて打ち上げるタイプの狼煙の開発を推し進めた。

幸い、糞尿を再利用する文化はシンセに根付いていたので、硝石、ひいては黒色火薬を開発する土壌はできていた。

火薬を製造する職人を育成し、その管理を徹底させ、各支所に置く。有事のときは音と煙が第一報となり、備えを素早く取れることになる。

火薬には他にも使える場面があった。前世での爆竹を再現してみると、その炸裂音は、簡便な獣除けとして非常に役に立った。

種族によっては、魔物除けにも十分転用できる。山菜や薬草を採取するときや、森や山に入るときに常備すれば、獣害、そしてモンスターによる被害を減らす効果も期待できる。

ようやく実用化にこぎ着けたそれらを、各町村に配備する。

その流れで、ソルドの村への火薬の配送は、俺の指揮の下に実行された。

狩りを行うレオンとしてではなく、アルムフォート家の子爵として村を訪れる。村民を集めて、火薬に関する取り扱いの説明を行うと、その集会の中にフラウラの姿もあった。

一通り説明を終え、公務を全うしたところで、時間に余裕ができる。

「レオン〜、来てくれたんですね」

集会場の外で待っていたフラウラが、ひらひらと手を振りながら近づいてきた。

「何をしている。レオン様に近づくな！」

俺の護衛についていた部下が、気さくに、かつ人懐っこい笑顔で近づいてきた彼女を押し戻そうとする。

えっ、と短く声を上げ、戸惑うフラウラ。

「構わん。その者は俺の知人だ」

「モンスターの被害者の家族でもあるんだ。通してやってくれ。俺もふたりで話がしたい」

「しかし……」

「はっ。了解しました」

きょとんとしているフラウラ。

上から下へ、下から上へと、俺の全身をじろじろと見つめている。

「……？　レオンって〜、私が思っていたより、ずっと、ず〜っと偉い人だったんですね。村の役人さんを従えるなんて〜。それに、剣士としてもお強いですし、今日は立派な鎧も着てますし〜……あっ、もしかして、私が知らなかっただけで、実は自警団の団長さんとか、そういうすごい人だったりするんですか？」

「はは。一応これでも、俺は貴族なのでね」

「貴族……へぇ〜、貴族さんなんですね…………ん？　うぇ？　えっ、あれ、ええええっ？」

「驚いたか？」

「はぇ〜……驚きました……えへへ、私、貴族さんに命を助けられたんですね。光栄です。これからはもう、レオン様って呼ばないといけませんね〜」

今日の俺は、領民向けの出で立ちをしている。狩りのときとは違う、機能性よりも煌びやかさと威厳を重んじ、子爵として正装ともいえる鎧を身につけている。

それでもフラウラは、以前と変わらない口調で、俺に話しかけてきてくれた。

照れたり、畏まったりしているものの、腰はまったく引けていない。俺へ向けられた感情は、変わっていないように感じられる。

「……えっと、あの。こういう場合、先日の私の申し出って、どうなるのでしょう〜」

「そのことで、話をしたい。夜に、フラウラの家を訪ねてもいいだろうか」

「あっ、は、はい♥」

彼女は、俺の身分に拘らず、好意を向けてくれる女性だ。

俺の妻として相応しい人物であることに、変わりはない。

だから俺は夜、彼女の家で全てを打ち明けた。

アルムフォート家の長男であること。領主であること。個人的な狩りの最中に、フラウラと出会ったこと。

俺自身、フラウラのことは変わらず好ましく思っていること。

「……私、領主様に求愛するだなんて、ものすご～く大それたことをしていたんですね」

「はは、そうかもな。で、今はどうだ。未だ、俺に抱かれたいか？」

「はい～。私の願いが叶うなら、大好き～ってしたいです♥」

「それが、俺の妻になる、ということでもか？」

「やっぱりそうなりますよね。領主様の妻ですか～。あっ、でも領主のレオン様って、確か結婚なさってますよね。お一方は貴族の方で、もうお一方は豪商の方でしたっけ」

「だから、第三夫人ということになるな」

「大丈夫です。全然大丈夫です。むしろそうなった場合、私が正妻の方や第二夫人にどう思われるかのほうが心配です～」

「ネイやロディアには、フラウラを迎えることになるかもしれないと、既に伝えてある。ふたりの同意は既に取り付けてあるぞ」

「はぇ～……用意周到なのですね……はっ？　むしろこれは、私のほうが退路を断たれているのでは？」

「ははは、そういう考え方もできるな」

にこにこと笑う彼女と話していると、こちらも気分が和む。

身振り手振りが大きいところも、和むポイントだ。

そんなふうにフラウラに見とれていると、ふと彼女の眼差しに、すっと真剣な色が乗った。

「レオン様。本当に、本当にこんな私でいいんですか〜？」

「俺は、いいと言っている」

「祖母が死んで、私は天涯孤独の身です。多分、他のお嫁さんのように、レオン様のお力になれることもないです。むしろ私、アルムフォート家のお荷物になってしまうかもしれません」

「君の料理は、妻のネイとはだいぶ違うな。しかも質が高い。フラウラが台所に入れば、今まで我が家になかった色が食卓に並ぶことになる。それだけで俺も生活が楽しくなる」

「それだけで、いいんですか？」

「生活に彩りが加わる、生き甲斐が増える。いいことばかりじゃないか」

「本当に？　私がレオン様のお嫁さんになるのに、他に条件、ありませんか〜？」

「そうだな。あえて言うなら……」

ここまできたのなら、後は流れに任せればいい。

ズボンを緩める。座っていたフラウラの前に立ち、膨れ上がった股間を見せつける。

「これの相手が、務まること。それが最後の条件だ」

今は遠征先で、ネイもロディアも同伴していない。

俺の性欲は、溜まりに溜まっている。たとえるなら、表面張力でなんとか溢れずに済んでいる水槽で、軽くつついただけで溢れかえること間違いなしの状態。

「すまないな、無駄に大きくて。フラウラ自身が不可能だと思うのなら、無理強いは……」

「……♥　大きい……立派……♥」

「ん？」

「あ、あは……♥　どうしましょう、レオン様のを見ただけで、身体の芯が熱くなって……えへへ、い、いいんですか～？　こんな立派なおちんちん、もらっちゃって～♥」

「ん？　うん？　フラウラ？」

「あのですね、私、セックス、いやではないんです。あの日から、ずっと待っていましたから……。だからだから、すごくす～～～っごく、今、うずうず、むずむずしてますっ……♥　うぅ、もう我慢できませんっ！　あのあのっ、レオン様、おちんぽ、しゃぶってみてもいいですか？」

「……俺が想像していた光景と、若干差異があるのだが。このデカブツが、怖くはないのか？」

「はい～♥　といいますか、旦那様のおちんぽを怖がる妻なんて、いないんじゃないですか～？」

言われてみれば、確かにそうだ。

ネイもロディアもそうだった。愛する人と繋がりたい、という感情は、大抵の難題を乗り越えるのに十分な力を秘めている。

「レオン様♥　では……ご奉仕、させていただきますね～……♥」

一切ためらわず、笑みを崩さず、フラウラが亀頭にキスをする。

そこから始まる、彼女の奉仕。

両手で竿を支えつつ、舌先を巧みに使い、先端に唾液を塗りつけてくる。

「ん……れぅ……ちゅ、ちゅむ……ぴちゅっぬちゅっ、くちゅ、くちゅるぅっ……♥」

すぐに、ぴりりとした快感が生まれる。

驚いたのは、その快感の種類だ。

俺が知っているフェラの快感とは一致しない。少しずつ、じっくりと性感を高めてくるネイとは違う。ロディアのような、真っ直ぐに絶頂へと昇っていく快感とも違う。

「ちゅ、ちゅれぅ……ぺろ、ぺろ、れる、れろ、ちゅく、ちゅぷ、ぺろぺろぺろっ」

「……む……フラウラは、舌で舐めるのが得意なのか」

「んぅ……♥　ふふっ、よくわかりませんが、そうかもしれません〜。おちんぽの味、好きかもしれません〜」

「味？」

「はい。匂いもです。先走りのおつゆが混ざって、ちょこっとしょっぱくなっちゃった感じも〜、ぜ〜んぶ好きかもです♥」

この女性、とんでもない逸材かもしれないな。

田舎娘特有の奔放さなのか、それともフラウラがもともと淫らな性格なのか……。

「ふぅ、んむぅ……れぅれぅ、れりゅれりゅ、ぴちゅ、ぬちゅっくちゅっ、ちゅるぅっ……ふふ、ちょこっと、じゅるじゅる、もっとしちゃいますね〜……ん♥　じゅる♥　くりゅっくちゅるぅぅっ、ぬちゅる♥　じゅるっじゅるっ♥　んれぅ、じゅるるるぅっ♥」

浅く亀頭を咥え込んで、吸いつくように啜ってくる。

口の中では器用に舌先が動いて、鈴口を休むことなく舐《ねぶ》っていた。

気づくと、親指も竿の根元にへばりついて、裏の筋張っているところを揉み込むように刺激していた。

「ちゅくっちゅくっ、んれぅ、じゅるるぅっ♥　ちゅ、ちゅぷ、くちゅるぅっ……♥」

「……！　ま、待て。いきなりそんなにされると……」

「ん♥　いいですよ～、出してくださいー♥　んく、くりゅ、れるれるれりゅれりゅ、ぺろぺろ、れるれろ、くちゅる、ぷちゅっちゅぷっぴちゅっちゅるるるぅっ♥」

「つ、ぐ！　くぅぅ！　だめだ、堪えられん、フラウラ……っ！」

理性というなの堤防は、非常に脆かった。舌先でくすぐられただけであっけなく決壊し、勢い余って白濁液を噴き上げてしまう。

「んぶッ？　ひ、ひゃっ……！」

飛び出した精液の勢いで、艶やかなほっぺたがひしゃげていく。

ペニスが脈動するたび、フラウラの顔が白濁に染まっていく。

「うわ、男の人って、こんなになるんですか～……♥」

「すまない、我慢できなかった」

「いえいえ♥　すまなくないですよ～。レオン様の子種だったら、私、嬉しいですから♥」

頬についた粘り気のある液体を、フラウラが指ですくい取る。その指先を念入りに舐め、しゃぶり、味わい尽くした後に喉を鳴らす。

彼女の行為の一つ一つが艶めかしくて、下半身がより興奮していく。

「んぐ、んちゅる、んく、んくっ……♥　んふぁ……レオン様、も～っとご奉仕、しちゃってもいいですか♥」

フラウラがジェスチャーで、俺に仰向けに寝るよう指示をしてくる。

言われたとおりにしてみると、彼女は身体を寄せ、輪っかを作った右手でペニスを握ってきた。

当然のように始まる手コキ。それと共に、フラウラの唇が俺の耳に触れる。

「こういうのも、殿方はお好きなんですよね……？」

囁かれると、吐息が耳に掛かる。

フラウラの舌先が、耳を舐り、犯してくる。

背筋が震え、ぶわっと体温が上昇する感覚。耳からくる快感がペニスへと流れ込み、扱《しご》かれている感触と合わさって、快感が倍増してしまう。

「ん……くちゅる……れるれる、れりゅれりゅ、ぬりゅっくりゅぅ……」

彼女の舌先は本当によく動く。

耳たぶにも、中のくぼみにも、尖った舌が這いずり回る。

耳の穴へと侵入した舌先が、うねうねと蠢いてくる。

彼女の指先も勤勉で、くすぐるように動き回っていた。

ペニスの筋張った部分が、指の腹でなぞられる。そうかと思うと、五指全てでカリ首のへりをつまみ上げられて、そのままもぞもぞと刺激された。

鈴口をフェザータッチでつつかれ、そこから出た先走りと、先程暴発してしまった白濁液の残滓が混ぜ合わせられていく。

「ぁふ……んふ……♥　レオン様、もっと、も～っと感じてくださいね～♥」

好奇心のままに弄ってくるフラウラに、降参してしまいそう。

「な、なかなかの技量だよ……俺のほうが、参ってしまいそうだ……」

「くすくすっ、こ～んなに絶対的なおちんぽを持っている、レオン様のほうが凄いに決まっていますもの♥　一度射精しても、ぜんぜん萎えなくて～、さっきよりもおっきくなって、私の手を求めてくれて……。こんなおちんぽに、ときめかないわけ、ないじゃないですか♥」

フラウラの舌が、耳から離れる。

解放されたかと思いきや、唇は俺のうなじをなぞって下に滑り落ち、鎖骨をかすめて胸の先端へと到達した。

「レオン様♪　もっとも～っと、私を汚してください♥　私の身体に、レオン様の匂いを塗り込むくらい、いっぱいい～っぱい、射精、してくださいね……♥　いっぱいがいいです。精液、もっとも～っと、欲しいですっ……ん、ちゅ……♥　ちゅぷ、れぅ、くちゅるぅっ♥」

乳首に吸いつきながら、ペニスを揉み込むフラウラ。

先程からずっと、彼女の乳房が俺の肌の上でむにゅりと形を変えている。

指先も舌も唇も、よりいたずらっぽく動いて、俺に二度目の射精を促してくる。

「ちゅるっちゅぷっ、れぅれぅ、れりゅれりゅ、ぴちゅっぴちゅっちゅくくっ……♥　ふふっ、ほ～ら、レオン様？　我慢は、身体に毒ですよ？」

ペニスとの触れ合いを、フラウラは心の底から楽しんでいる。

いきなりここまでの技を見せるなんて、想像できなかった。あっという間にペニスが限界まで膨れ上がり、指をねだって震え上がってしまう。

「くぅ……フラウラ、また、出すぞっ……」

「はい、どうぞ……♥　んちゅ、ちゅぷ……れりゅっくりゅっ、んちゅる、ちゅぷぷぷっ……♥」

彼女の責めに、身を委ねる。

奉仕を身体の芯で感じ取り、快感が弾ける瞬間を心から楽しむ。

強烈な痺れが背筋を突き抜け、またペニスが白濁液を噴き上げる。

「ん♥　んちゅる……♥　んく、んふ……ふぅ、ふむぅ……んんっ……♥」

フラウラは、ペニスが脈動している間も緩やかに竿をしごきつつ、唇で乳首をやんわりと吸い上げてくれる。

出したら終わり、ではなく、出している瞬間もゆるゆると刺激して、絶頂を長く楽しませてくれる、そんな奉仕だ。

だが、その中には確実に、男を悦ばせるための気配りがある。

彼女を妻とした、俺の目に狂いはなかった。

「ぁふ……♥　ふふっ、レオン様～、そろそろ、私も気持ちよくなっちゃってていいですか～？」

「そうだな。なら、少しほぐさないと」

「いいえ……おちんぽ、ずぷ～って入れてほしいです♥　ひとつになりたいです♥」

「俺が奉仕を受けるばかりで、フラウラは全然気持ちよくなっていないだろうに」

よかれと思い、指で彼女の股間を弄ろうとしたところ、その手首を掴まれる。

「レオン様……♥　もう、もどかしいんです……私、こんなにえっちな気持ちになったのは初めてで……もう、レオン様と繋がりたくてしかたがないんです。おちんぽ、欲しくてしょうがないんです……♥」

「……自分で言うのも気が引けるが、俺のモノは相当に太いぞ」

「ですから、ね？　その、ふっといおちんぽ……舐めて、触って、こんな間近で感じていると……もう、おまんこの奥までぐっしょりになっちゃうの……わかります、よね……？」

服を全て脱ぎ捨て、すっと、フラウラが俺の上に乗ってくる。

膝立ちになった彼女が、自分の手で秘裂を広げた。

「っ……ほら……見て、ください……もう、準備、できてますよ～……レオン様のおちんぽが、どんなにおっきくっても……私、ちゃ～んと受け止めますから♥」

ぬちゅり、といやらしい音を立てて、入り口が開く。

少し奥にある襞の連なりが、蜜に濡れながら俺を誘ってくる。

とてつもなく卑猥な光景。同時に、ここに入れたら気持ちいいだろうと、確実に思わせてくれる光景でもある。

「ふふっ。レオン様、ずぼずぼ、したくなっちゃいましたね～？　おちんぽが、ぐんって伸びて～、おまんこ、つんつんってしてきてます～♥」

「フラウラ」

「はい～？」

「先に言っておく。お前に入れた後、俺も余裕がなくなる。手荒くなるやもしれんが、そこは覚悟してほしい」

「……はい♥　お優しいレオン様……そういうところが、好きで好きで、たまらないです……♪　だから、本当に……心の底から、愛したく、なって……んんっ……！」

汗に濡れた細い腰が、ゆっくりと降りてくる。

騎乗位での挿入。僅かな抵抗の後で、キツい穴ではあるが、ずぶりと亀頭が埋もれていく。

「んぁっ……♥　く、くぅぅぅんっ……！」

さらに腰が落ちる。根元まで竿が咥え込まれる。

腰と腰が重なって、密着度が一気に増す。

衝撃で、フラウラの膣内から愛液が溢れ、一瞬でふたりの腰の周りがべっとりと濡れた。

「っ……ふぁ……あはぁっ……！　すごいです……♥　お腹の中の形が変わっちゃって……ぐい～って、ごりごり～って、奥までされてる感じ……あ、あは、これがレオン様の、おちんぽなんですね……レオン様とする、セックスなんですね……♥」

「苦しくないか？　大丈夫だな？」

「はい～♥　あ、でも、私もすっごくえっちになっちゃうかもしれませんので～、そこは覚悟してくださいね～♥」

少し安心した。フラウラはほんとうに余裕があるらしい。

そして、それを証明するかのように、自分から腰を使ってきた。

「では、いきます……んっ……ふ、くぅ……んんっ、んんんっ……！」

軽いピストンで、少しずつ、少しずつ。

しなりを加えつつ、ペニスと膣道を触れ合わせる、そんな動き。

にちにち、ぐちぐちという音が、繋ぎ目から聞こえてくる。

「んっ、ふ……ぁ、あはぁ……あ、あは、やっぱり圧倒的、ですね～……ちょっと動いただけで、おまんこがすぐにジーンってなってきちゃいます～……♥」

「俺もだ。フラウラの膣内、具合がよすぎるよ。虜になってしまいそうだ」

「くすっ。だめですよレオン様～、私にお熱になりすぎちゃ。他の奥様たちのおまんこも、気持ちいいんですよね～？　私はあくまで、三番目なんですよね？」

「確かにそうだが、初めて交わるおまんこは新鮮に感じるからな。それに、フラウラの腰の動きもいい。手放しで褒めたくもなる」

「……♥　ありがとうございます。でも、まだまだこんなものじゃないですよ～？」

「ん？　な……っ、くぅ……！」

フラウラが、僅かに上体を反らす。

太ももを大きく開いて、結合部を俺に晒してくる。

その上で、見せつけるような円運動や、腰を前に突き出しての小刻みな抽送で、ペニスを先端から根元までまんべんなく擦ってくる。

彼女の腰の回転に呼応して、ペニスの根元が左右に軽くねじれる。ピストンを繰り返すと、大きな乳房がたぷたぷと揺れる。

視覚的な情報が興奮に繋がって、セックスの熱がどんどん上昇していく。

「フラウラ、揉むぞ」

「んっ……は、はい……ふ、ふぁ！　くぅ、んんん～っ！」

揺れる乳房を、下から支える。

そっと乳首に触れただけで、フラウラの声のトーンが一段階上がる。

「っ……そ、それ、もっとしてもらってもいいですか～？」

「言われなくても、続けるが」

「あは♥　じゃあ、お願いしちゃいます。レオン様に愛撫してもらうなんて、幸せすぎて……気持ちよくなっちゃいますっ……♥　んぅ、ふ、ふぁ、あぁあっ……！」

フラウラのペースで進んでいた流れが、少し変わる。

セックスが、単なるフラウラの奉仕から、互いを求めて交わる行為に変化していく。

「んっ、ぁ、あふ……はぁ、はぁっ、レオン様も、もっと……」

「ああ。フラウラの膣内、感じさせてもらう」

「くぅ、ひ、ひぅう！　んっ、んんんっ！　し、下から、ずんって……あ、あ、あ、ふぁあ！」

すぐに、ふたりの腰の動きが合う。抜き差しすると、さらに繋がりが深くなる。

俺も少しずつ角度を変えながら、フラウラの膣内を感じ取っていく。

「はぁっあぁあっ、ん、ん、んぁっ、ひぁ、あはぁあっ！　ひぅ、うぅうんっ、ん、ん、ん！　あ、あぅ、そこいいですっ、気持ちいいですっ！」

「この辺りだな。わかるぞ、膣内のざわめきが凄い」

「はー、はーっ、わ、私も……レオン様のおちんぽ、興奮して、どんどん硬くなっているのが、わかりますっ……！　ひぁぅっ、んぁぁぁあぅっ♥　んっんっんっ、んくっくぅうんっ！」

奉仕の仕方だけではなく、女性器にも個性があると、改めて認識する。

フラウラのここは、舌先のそれと同じでひっきりなしに襞が蠢き、亀頭やカリ首にじゃれついてくる。一往復ごとに、ぞわぞわという快感が積もっていくのがたまらない。

「んぁ、ぁふ、ん、ん、ん！　んっんっんっ、ひぅんっ、くぅぅぅんっ！　はー、はーっ……ご、ごめんなさい、レオン様っ……おちんぽ、すごすぎるのっ……気持ちよくって、ジンジン、ビリビリきてて、あ、あぅ、だめ、ひ、ひぁあ♥　んぁっあぁああああっ♥」

不意に、フラウラの腰がびくんと震え上がる。

大きく口を開いて喘いだことで、舌先からよだれが垂れ落ち、俺の胸元にびちゃっと落ちる。

「はっはぁっ、あ、あふ、ふぁ、あひぁあああっ！　レオン様、だめですっ、だめなの〜っ！　わ、私イって、イってるのっ……！　あ、あぅ、おちんぽ止まらないっ、ずんずんって、あ、あひぁあっ、やっあっあっんぁっあっあぁあああああ〜〜〜〜ッ！」

絶頂していることは、わかっている。

けれど、腰が止まらない。むしろ、精を吐き出したいという欲が、抽送を速くさせる。

フラウラは、俺とのセックスは初めてだ。

そんな彼女には強すぎる責めだとは思う。けど、止まらない。

絶頂を迎え、愛液を滴らせながら蠢く襞の感触をもっと味わいたくて、下から突き上げてしまう。

「んぁあひっ！　おほっ♥　ほぁ、あひぃぃぃぃぃぃぃぃいいいいッ♥」

胸を鷲づかみにしながら、腰を振りたくる。

ペニスの長さをふんだんに使い、膣道をとことん味わい尽くす。

湧き起こる射精欲に身を任せ、先端で奥を小突く。子宮口をこじ開け、鈴口をぴたりと寄せる。

「っ、く！　フラウラっ……！」

「ひぃいぃっ！　お、おちんぽ、膨らんでっ……！　ん、んぁあぁあッ！　あひ、ひぃぃぃぃッ！

んぎっきひぃぃぃぃッ、んひぃぃぃぃぃいいいい〜〜〜〜〜ッ！」

深く深く繋がった状態で、俺も絶頂へとたどり着く。

先に頂《いただ》きへと登っていたフラウラが、更なる高みへと押し上げられる。

ペニスの脈動と襞の蠕動が混ざり合い、互いが互いを舐り尽くしていく。

「ひ……ひぐぅっ……くぁ、あひぃっ……あ、あぅ……出て……いっぱい、いっぱい、精液、出て
……お腹、熱い……あつい、ですぅ……っ……あ、あ、あっ、だめ、まだ、あぅ、またイっちゃ、ふ、
ふぁ、あ、あ、んぁぁぁあああああああ…………ッ！」

快感の波が、長く、長く続く。

何度も押し上げられたフラウラが、今度は精液の熱を感じ取ってイく。

俺も、何度も腰をわななかせ、一度の絶頂だとは思えない程の精を、彼女の膣内に注ぎ込む。

最後の一滴を出しきったとき、フラウラも限界だったのか、腰が砕け、くずおれるようにして俺へと倒れ込んできた。

「ふぁ……ひ、ひぁぁ……！　はぁ、はぁ……え、えへへ～……すごかった、です～……私、こんなにえっちに乱れちゃったの、はじめてです～……♥」

「フラウラの騎乗位、凄かったぞ。その前の奉仕も上手だったし、枯れるまで搾り尽くされるかと思ったよ」

力が入らない中で、ふにゃりと頬を緩め、フラウラが笑みを向けてくる。

「私で三人目の奥さんだ～っていうくらいですから、レオン様ってゼツリンなんだろうな～って。不慣れなセックスじゃ、満足してくれないだろうな～って。だから、ぜ～んぶ吸い取っちゃうくらいの気持ちで、どんどんご奉仕してみたんですけど～……」

「ああ。途中まではそうだったな」

「そうです！　途中までです！　私、おちんぽには勝てませんでした！　レオンさまのおちんぽ、もう、すごくって……。レオン様と繋がった瞬間から、ばちばちばち～ってなって、目の前が真っ白になって……。それでそれで、下からずんってされたら、もうお手上げで。おちんぽでごりごりされて、イって、イって、イかされまくって、こんな感じになっちゃいました～……♥」

興奮したフラウラが、唇を寄せてくる。

そっとキスをして、お互いの愛情を確かめる。

「えへへ……レオン様？　私、ご奉仕もセックスも、まだまだこれからですけど〜……お側に置いてくれますか〜？」

「もちろんだ。まだまだなんてことはない。フラウラ、気持ちよかったぞ」

「はい、ありがとうございます〜♥　くすくすっ。私、これからも、がんばってセックスして、レオン様のお役に立ちますね♥」

こうして、フラウラとの初夜は、熱く熱く過ぎていった。

ふたりの心と身体は強く結ばれ、愛情は確かなものとなっている。

「愛しているぞ、フラウラ」

耳元で、囁く。

と、今まで笑みを浮かべていた彼女の頬に、つぅっと透明な筋が伝って、落ちていく。

「……？　あ、あれ……私……」

「フラウラ？　泣いて……いるのか？」

「ち、違います。これ、きっと嬉し涙です……レオン様から愛情を注いでもらって、言葉にもしてもらって、それが幸せすぎて……あ、あは、これ、止まらないかもですね〜……」

その後の、フラウラの言葉が印象的だった。

「……嬉しくっても、涙って、出るんですね〜……えへへ、もう涙って、出ないものだと思っていたので〜、自分でもびっくりです〜……」

最初は、自分の性欲を解消するため、という側面を持った妻捜しだった。

ただ、彼女と深く深く交わった今は、考えが改まる。

自分の妻にしたこの女性を、もう不幸な目には遭わせない、と。

「………ところで、レオン様～」

「なんだ？」

「まだ、私たち、繋がっちゃってますよね～」

「ああ、そうだな」

「ということは、レオン様のおちんぽは硬いままですか～？」

「……そういうことになるな」

「……♪　では、もう一度挑戦していいですか～？　私、嬉しくなってしまったので、レオン様のおちんちん、も～っと欲しくなっちゃったんです～♥　それにそれにっ、今度こそ、おちんちんに残ってる精液、ぜ～んぶ搾り尽くしちゃいたいな～って♥」

「な、お、おい、フラウラ……っ、く！」

「いきますよ～……ん、ふ……♥　くぅ、ふぁぅ、あ、あ、あん、あぁんっ……♥」

初夜を過去形にするには、少し早かったらしい。

俺も、そしてフラウラも、身体が快感を求めている。

「ぐ……されっぱなしでは、格好がつかないな。フラウラ、いくぞ」

「は、はいっ♥　ひ、ひぅ！　んぁあああぅっ！　あ、あぅ、やっぱりレオン様のおちんぽにはかなわないかも……っ、ひぁ、あ、あぁあっ！　んぁっあはぁあああっ！」

快感による嬉し涙で、顔をぐちゃぐちゃにしながらも、フラウラが腰を落としてくる。
負けじと俺も、下から突き上げる。
この調子で、夜更けを過ぎて、夜明けまで。
新たに夫婦となったふたりは、純粋に交わり続けたのだった。

第四章　もっと求め合うならば

フラウラを連れて、シンセの町に戻る。

モリス爺は、またかと頭を抱えた。呆れ顔で「はいはいわかりました、よろしゅうございます。手配は全て爺にお任せあれ」と言い残して、大股で屋敷に戻っていった。

ネイとロディアに、フラウラを紹介する。

と、開口一番、フラウラがかましてくれた。

「ネイさんと、ロディアさんですね〜。私、尊敬するな。これまでおふたりが、レオン様の絶倫おちんぽをお世話してきたんですよね〜？」

ロディアはすぐに顔を真っ赤にし、二の句が継げなくなった。

ネイはネイで、一瞬、鋭い眼光をフラウラに投げつけた。彼女が心の中で秘かに対抗心を燃やしているのが、俺にもわかった。

ただ、そんなふたりの警戒心を、フラウラの人懐っこさが上回る。

「あのあのっ。教えてほしいんです。私はたぶん、セックスくらいしかレオン様のお役に立てないので。お二方は、レオン様が悦ぶ方法を、たくさんご存じでしょうから〜」

「……同じレオン様の妻として、情報の共有はいたしますが」

「ネイさん、よろしくお願いしますね〜♪　あっ、もしよかったら、ネイさんとレオン様が愛し合っているところ、見学しちゃってもいいですか？」

「……は？　いや、その……」

「お願いします〜。ネイさん、メイドさんの格好をしているくらいですから、ご奉仕の仕方とかも、きっとすっごく上手なんですよね♪」

ネイが気圧されるなんて、珍しいこともあるものだ。

「くすくすっ。どうしたんですの、ネイ？　いつもわたくしには、すっごい低音ボイスで『レオン様へのご奉仕の数と質では誰にも負けません』って言っているじゃありませんの。なのに、新入りさんにたじたじですわ。正妻の名が泣くのではなくて？」

よせばいいのに、ロディアがちゃちゃを入れる。

と、フラウラがくるりとロディアのほうを向いて、これまた人懐っこい笑みを投げかける。

「えへへ〜。ロディアちゃんも、えっちなこと、私に教えてくださいね♪」

「へっ？　ろ、ロディア、ちゃん？」

予想だにしてなかった呼び方に、俺とネイが思わず吹き出す。

「ちょ、ちょっと！　わたくし、そんな子供ではありませんわよ？」

「でもでも、なんでかな〜。ロディアちゃんは、ロディアちゃんって感じなの。私、わかるんだけど、多分ロディアちゃんって、ベッドの上だといっちばん可愛くって、初心《うぶ》なんじゃないかな〜って。どんなに強がってみせても、レオン様におちんぽもらったら、一瞬で腰砕けになっちゃう、みたいな。ふふっ、だからね？　可愛いから、ロディアちゃんなの♥」

「な……な、な、ななな、なっ……！」

俺もネイも口元を押さえて、もう一度吹き出すのを堪えている。

初対面なのに、ロディアに対する分析が的を射ているから面白い。

「ふふっ、ロディアちゃんもネイさんも、いい人みたいでよかった〜！　今から夜が楽しみ！　レオン様、私、がんばりますね♪」

フラウラの、早く溶け込もうとする努力が凄すぎる。

その裏には、早く俺の妻として一人前になりたいという彼女の強い気持ちがある。

俺の目に、狂いはなかった。きっとネイもロディアも、すぐに打ち解けてくれるだろう。

「フラウラ様。夜伽に精を出していただくのは、私たちも助かりますが……働かざる者食うべからず、とも申します。レオン様は、普通の貴族とは異なった価値観をお持ちです。昼の間はきちんと、仕事をしていただきますので、ご承知ください」

ネイが釘を刺しても、ひらりとフラウラは受け流す。

「ええ♪　私にできることならなんでも〜。ネイさんはメイドさんとして、昼はレオン様の身の回りのお世話をしているの？」

「はい」

「なら、私はネイさんのお手伝いかな。聞いているロディアちゃんのお仕事みたいなお金の勘定は、私はわからないし」

ネイに確認したのち、今度はロディアを褒める。

「えっ？　わ、わたくしのことを、そこまで知っていらっしゃるの？」

「ええ。ソルドの村でも、ロディアちゃんの名前はみんな知ってるわ〜。領主様の奥様は凄腕の商人だって。ロディアちゃんが手配してくれたのよね。塩とか。すっごく質もよくって、保存食を作るのに大助かりだったの」

「そ、そうですの？　まぁ、そうですわね！　わたくしの手にかかれば、村一つの物流を支えるなんてことは簡単ですものね！」

この場合はフラウラの話術が巧みなのか、ロディアが純粋にちょろいのか。

あるいは両方か。

妙に喜ぶロディアに、俺とネイは顔を見合わせて苦笑いし、肩をすくめた。


アルムフォート家が以前にも増して賑やかになったのは、言うまでもない。

フラウラの人間性や話術はもちろん、彼女自身が持っている知識が、俺の改革に久しぶりに火をつけたからだ。

第三の妻である彼女は、自分の専門はベッドの上だと言っていたが、そんなことはない。

今までただの農村だと思っていたソルドは、いや、フラウラと祖母が細々と続けていたその畑や、自宅で作っていた料理、森の奥で採っていた薬草は、領土全体で捉えるべき価値を持ったものばかりだった。

野菜はどれも栄養価が高く、シンセの町に持ち込めば、食堂や酒場ですぐに食材として活用されて人気のメニューとなった。

森で採る薬草も栽培に取り組んでいる。これが恒常的な薬となれば、人々の健康に寄与できる。

そしてなにより、保存食の研究だ。俺が手をつけていなかった分野に、フラウラは独自で切り込んでいた。塩漬け、乾燥、発酵と、その地に向いた手段で食材を長持ちさせる方法を領土全体に広めていけば、食糧難の可能性をさらに低下させることができる。

また、フラウラが祖母と森に入っていた理由は、他にもあった。

「森の奥の洞窟は、季節が変わってもあまり温度が変わらないんです～。暑い夏、収穫した作物が傷む季節も、洞窟の中で藁にくるんでおけば日持ちしますし～、逆に、野菜の種なんかを保存しておけば、芽が出ないで来年使えたりもするんです～」

森の奥は天然の冷蔵庫、というわけだ。

これはフラウラが出入りしていた洞窟だけではなく、領土を探せば他にもありそうだ。時間があり、人手を割けるようであれば、カントウェル山脈の周辺も合わせて探索するのも手だな。

ただ……。

それも、モンスターがうじゃうじゃといるような状況では、決行できない。

ソルドの村での一件以来、自警団も強化し、十分な体制で討伐隊の出動を繰り返している。俺も公務の合間を縫って狩りをし、モンスターの個体数を減らしている。

ただ、それでも根本的な解決には至っていない。有翼の化け物を見かけたという報告が途絶えた日がないほどで、それらの被害もじわりと増えつつある。人命はもちろん、家畜も襲われる対象となってしまっているので、特に畜産農家や酪農家は眠れない夜を過ごしている。

さらに、化け物がはびこることで、元来の生態系が崩れてしまっていることも、人間にとっては好ましい状況ではない。

新種のモンスターより弱い獣たちは、食事の場をモンスターに奪われる。結果、飢えた獣たちが人里に降りてきて、畑の果実を荒らすことになった。

実に流れの悪い連鎖が、領内で起こっている。

現時点では、一般の民には注意喚起を促すしか方法がない。モンスターに関しても、たとえば空を見上げて普通の鳥ではない、たとえば猿のような生物が飛んでいたら、すぐに屋根付きの建物に避難すること……などというお触れを出すくらいしかできない。

もっと民にわかりやすいようにと、庁舎の者に頼んで、特徴を捉えてモンスターの絵も描いてもらった。

すると、それを見た者からの目撃情報が各地方から寄せられるようになってきた。

やはり、多いのは北の地方だ。対してソルドより西の地方は目撃情報ゼロ。同じような山脈と川を持つ南東地方も被害は野獣によるものだけで、新種のモンスターは出ていない。

ここまでくると、人為的な力が働いていると考えたほうがいい。

何か有力な情報はないかと気を揉み、屋敷で対策会議をしていたところ、深刻な顔をして、ロディアが部屋に入ってきた。

どうしたかと問いかけてみるが、うつむいているだけで何も話をしてくれない。

これは一大事だと思い、会議を抜け、他に誰もいない執務室へとロディアを連れていく。

と、堰を切ったように、ロディアが涙を流す。

「……わたくし、もうレオンの妻ではいられませんわ」

「いきなりどうしたんだ。何を理由に、そんなことを……」

「だって、だって……わたくしの兄が……兄がっ……！　申し訳ありませんっ！」

頭を机に擦りつけんばかりに、謝るロディア。

彼女がここまで取り乱すのは珍しい。どうにかしてなだめ、理由を聞いてみると、とんでもない話が飛び出してきた。

「問題になっている、領土を荒らしているモンスターの騒動……手引きしているのは、私の兄である疑いがありますの」

「兄？　メログラーノの新頭取か？」

「ええ。元来、兄は危ない商品も積極的に取引する人間でしたわ。ですから、生きたモンスターを運送したり、特定の場所に放逐したりする仕事を請け負っても、おかしくはありませんの」

「いや、待て。それだけのことで、お前の兄に全ての疑いをかけるわけにはいかん」

「……つい先日も、カントヒルから北へ二刻ほどの山道で、モンスターの被害がありましたわ。そこで被害に遭い、命を落とした人間のひとりが……兄の、商社の人間で……」

その件は、俺にも報告が上がっていた。

被害者は二名。行商人と思われ、現場にはふたりの死体の他、荷車が倒れ、ぐしゃぐしゃに壊れた大きな木箱が散乱していたという。

「恐らく、余所の土地でモンスター捕獲し、それをカントヒルまで運搬して放していたのですわ」

「そんなことが可能なのか」

「獣用の麻酔薬が、モンスターに有効な場合もありますわ。それで眠らせて、山奥や森の中に放逐する。目が覚めたモンスターは餌を求めて周囲を荒らす、という仕組みですわ」

「……それが事実であるとして、ロディアの兄が受ける恩恵はあるのか。商人は利益なくして動かないものだろう」

「利益の他に、人が動く理由がありますわ。メンツや嫉妬といった、負の感情ですの」

確かに、最近ロディアの兄とは取引をしていない。ロディアを慕って我が地にやってきた商人たちの働きで、全ての商売が成り立つからだ。

それに、あのロディアの兄、リディという男に関しては、枝分かれしたロディアの会社を謀略をもって潰したといった噂が世間に流れている。ロディアが運搬事故を起こして自分の商社を傾けさせてしまって以降、本来ならばライバルの失速でメログラーノの商売は上向きそうなものだが、悪評のほうが先行して、特に最近は商売が上手くいっていないという。

ロディアを潰したという噂が真実かどうかは置いておくとしても、あの兄が俺やロディアを逆恨みしてもおかしくはない。

そして、追い詰められた者は、仲間を探す。

それは例えば、シンセの町の発展をうらやむ者かもしれない。

あるいは、アルムフォート家によからぬ感情を持っている者かもしれない。

以前モリス爺が開いた婚活パーティーで、俺にこっぴどく振られた貴族とかも考えられる。

上位貴族を振っておきて、妻にしたのが下位貴族のネイと商人上がりのロディア、さらには平民のフラウラとくれば、面白くないと思う輩がいてもおかしくはない。

「ロディア」

「……はい」

「その兄の商社が、主な取引をしている貴族家は、わかるか？」

「っ……クルフォルム家に……ティツェット家……貴族では、その二つが懇意にしていると聞いていますわ」

見事に、アルムフォートの北側に位置する二家だ。

これはもう、ほぼ確定といっていいだろう。

「ですから……わたくしはもう、ご迷惑をお掛けしたレオンの側にはいられません」

と、ロディアが再度、懺悔の姿勢を見せる。

「そうはならんだろう。ロディアに非はない」

「親族に、非人道的な行為を取る人間がいる。それは即ち、わたくしの罪も同然ですわ」

「ロディアのような実利的な人物が、そんな旧態依然とした考えをするものではない」

「しかし、しかし……わたくしは……！」

ロディアを立たせ、そっと抱きしめる。

その耳元で、優しく囁く。

「兄などに惑わされるな。ロディアはロディアだ。俺の愛する妻だ」

「……っ……レオン……」

「もし、このことをロディアが負い目に感じるのならば、俺と共に問題の解決に当たってくれ。事を大きくするのは好ましくない。静かに、そして着実に、確たる証拠を集めてほしい。それがロディアの仕事だ。商人の情報網を持っているロディアにしかできないことだ。頼めるな？」

「っ……うぅ……レオン、申し訳ありませんっ……！」

「謝罪の言葉は、もういらない。ロディアは何も悪いことはしていない」

「な、なら、言い直しますわ。ありがとうございます、レオンっ……！」

「それでいい。ロディア、愛しているよ」

「はい……っ♥」

これにて一件落着とまではいかないが、ロディアの気持ちは落ち着いた。

それに、彼女からもらった有力な情報は、モンスターの被害を根本から押さえ込む、解決の糸口となり得る。

これが、禍転じて福と成す第一歩となるのなら、この状態から抜け出すことができるのなら、俺も心が楽になる。

……と、いうことで。

執務室に置いてあるベルを、二つ鳴らす。

屋敷で働く妻に、来てくれという合図だ。

「お呼びでしょうか、レオン様～♪」

「フラウラか。ちょうどいい、これはネイより君のほうが適任だ」

「は～い、なんでしょう？」

「ロディアが少々、妻としての自信をなくしているらしい。俺が愛情を注ぐことで、その自信を回復させたい。フラウラも手伝ってくれ」

「ふむふむ、なるほど～？　くすっ、そういうことでしたら、いくらでもいたします♥」

素早く、フラウラがロディアの後ろへ回り込む。

俺もロディアに迫り、正面から彼女を見据える。

「えっ？　な、なに？　お待ちなさい、これはどういうことですの？」

「夫として、ロディアを可愛がろうと思っているだけだが」

「なっ、ちょ、んっ！　んむっ、んぐむぅ～～～～っ！」

抵抗される前に、ロディアの唇を自分の唇で塞ぐ。

舌を絡め、キスに意識を向けさせつつ、フラウラに目で合図を送ると、彼女も手際よくロディアの服を脱がしていった。

「ちゅ、ちゅぷ、くちゅるぅっ……！　あ、あぅ、レオン、やめ……フラウラもっ……」

「んふふふ～♥　ロディアちゃん、だめじゃない。レオン様が～、ロディアちゃんの可愛いところを見たい～って仰っているんだから～、かわいくあんあんって喘がないと～」

「っ、くぅん！　本当に、ふたりとも、お待ちなさ……ひ、ひぁ！　あぁんっ！」

肌に指を滑らせただけで、ロディアが敏感に反応する。

これなら大丈夫だろうと下着を脱がせ、いきなりペニスを秘芯に突き立てる。

机に押し倒されたロディアは俺の抽送を受け、フラウラに胸をまさぐられ、腰をよじって身悶えながら甘い声を上げてよがっていく。

「んぁ、ひ、ひぁあっ！　レオンっ……！」

「二度と、俺から離れるなどと言うなよ」

「ええ、ええ。レオン、ごめんなさいっ……ありがとう、レオンっ……♥」

ロディアの重荷は、夫である俺も背負えばいい。

ロディアを抱くことで彼女が幸せを感じるなら、いくらでも抱く。

相手がネイでも、フラウラでも同じこと。

それが、一夫多妻というハーレムの主である、俺の心得だ。

……そしてそのあと。

フラウラの協力もあって、ロディアは俺が二回射精する間に十回以上の絶頂を繰り返し、最後は幸せそうな顔をして気を失った。

昼間から少しやり過ぎたか、と、少々俺も反省したのだった。


モンスターを相手に自衛を繰り返している中でも、公務は通常どおりある。

収穫期には農村部で人手が足りなくなるので、中心街の人材を派遣したりもする。

逆に公共工事をするときは農閑期を狙って、農民も含めて作業を迅速に行うよう手配した。

やることは多いが、それだけやり甲斐もある。

民の暮らしが良くなれば、自分の暮らしも良くなる。

民に余裕ができれば、俺の仕事も減る。仕事が減れば、対外的な貴族同士の付き合いにも顔を出せるようになる。俺に友好的な貴族からは、周辺国の情報も手に入る。

そして、もう一つ。貴族の世継ぎとして、重大な仕事が俺にはあった。

「失礼します」

その日の夜伽は、ネイひとりだった。

「他のふたりは？」

「本日は、私ひとりとさせていただきました」

薄手のネグリジェ姿で、ネイが入ってきた。

彼女の姿を一目見ただけで、俺の下半身にやる気が充填されていくのがわかる。

「レオン様に抱いていただく前に、一つお願いがあります」

ネイが前置きをするのも珍しい。前戯であれ奉仕であれ、ベッドの上で俺の意のままに行動してくれるのが彼女なのに。

「……今宵は……最初から、おちんぽを挿入していただけますか？」

「……？　ネイの奉仕はなしに、ということか？　それではお前の身体が持たないだろう」

「いちばん元気なおちんぽで、膣内に子種をいただきたいのです」

膣内《なか》出しなど、いつもしている行為なのに、わざわざそれをお願いしてくるとは。

なんとはなしに、その理由が読めた。

「モリス爺に、小言でも言われたな？『貴族の妻は、子を産むことが第一の仕事のはずですぞ』という感じだろう」

俺がカマを掛けると、ネイが頷く。

「私も、そうだと思います。そろそろ、レオン様の子供を産みたく存じます。あまりこういうことは言いたくありませんが……第一夫人である私が他のお二方の後塵を拝しますと、家にとってもよからぬ風が吹くのではないか、とも思いまして」

着ているものを全て脱ぎ、ネイがベッドに身を沈める。

大きく足を開き、秘芯を指で広げ、俺を誘ってくる。

「月のものの周期から考えまして、今宵は最も子を孕みやすい日です。レオン様さえよろしければ、このレオン様専用の子宮に、どうぞ子種を注ぎ込んでくださいませ……♥」

迷うことは、なにもない。

ネイは俺の妻だ。俺の子を産む権利があるし、それを望むなら俺は努力を惜しまない。

貴族の長子として、重大な仕事が俺にはある。

それこそずばり、妻に俺の子を産んでもらうことなのだから。

「わかった。なら今日は最初から全部、ネイの膣内《なか》に出すぞ」

「……っ！　ありがとうございます、レオン様……♥」

正常位での挿入。ネイの膣口をこじ開け、ゆっくりと、しかし確実に、子宮口目掛けて腰を前に押し出していく。

「んっ……！　く、くぅ……！　ひぁ、あぁぅっ、レオン様ぁ……！　んぁ、あぁあんっ！」

入り口を割っただけで、自然と肉竿が吸い込まれていく感覚。

これが、ネイの膣内だ。幾百幾千と交わった、俺のネイのおまんこだ。

「く、くぅ……！　はぁ、はぁっ……おちんぽ、太い……今日は、一段と大きくて、硬いです……ふふっ、子種がたくさん、詰まっている証拠ですね……あぁっ……このおちんぽが、私の膣内で脈打ち、射精する瞬間を想像しただけで、達してしまいそうですっ……♥」

「まだ早いな。俺は何も動いていない」

「ええ、来てください。今日は本当に、私のことをめちゃくちゃにしていただいて構いません♥」

「……違うだろう？」

「えっ、あっ」

「今日は誰もいない。ロディアやフラウラに気遣うこともない。だから、ネイ。お前の欲を全て晒してもいいんだ」

「っ……♥　では、言い換えさせていただきますね……おまんこを、めちゃくちゃに犯してほしいです……。ぐずぐずのどろどろになったおまんこに、思いっきり種付けされてみたいです……♥　通説だとはわかっておりますが、絶頂すればするほど、男の子を孕む確率が増える、という言い伝えもありますので……イかされまくって震える子宮に、精を注いでもらいたいのです♥」

いつものネイは、たがが外れると淫らな言葉が飛び出してくる。

だが今日の彼女は、最初からそれだった。

それに、おまんこも濡れに濡れで、挿入直後から絶頂する準備ができている。

「なるほど。なら、ネイの欲望どおりに動くさ」

「は、はいっ！　んぅ……ふ、ふぁあ！　んくっ、くぅぅぅあぁあっ！」

大きく腰を引いて、一気に埋め戻す。

亀頭が見えるくらいまで引き抜き、加速をつけて膣奥を突き上げる。

一往復ごとに亀頭を子宮口に届かせる、ダイナミックな動き。カリ首が容赦なく膣壁を擦り上げて、膣内に溜まっていた愛液を掻き出していく。

「は、はぅ、んぅうっ……！　あ、あぅ、ひぁぅっ、レオン、様ぁっ……んぁ、あんっ！　や、やぁ、あん、あん、あん、あぁあんっ！」

ネイの喘ぎ声は、いつにも増して甘く大きい。

興奮した俺は、さらに大きく深く腰を突き出しつつ、揺れる胸に手を置いて柔らかな乳房をこねくり回していった。

気づくとネイも俺の下で動きに合わせて腰を突き出し、結合をより深いものにしている。

ふたりの欲が絡み合う、理想的なセックス。

噴き出した汗がネイの肌を伝い、胸の谷間を流れ落ちていくのも、艶めかしくてたまらない。

「くふ、んぅうっ……あ、あぅ、レオン様、おちんぽ、もっとっ……♥」

「どうされたい？　速くするか？」

「い、いえ、おちんぽをもっと感じたい、ですっ……深く繋がってぐりぐりされるの、大好きなので、それ、してほしくって……」

「なるほど。こういう感じだな？」

「ん、んんっ！　ひぅ、ふぁあぅっ！　そ、そうです、それですっ！　ぐりぐり、もっとしてくださいっ……赤ちゃんのお部屋、ぶっといおちんぽでぐりぐり、好きっ、好きッ、大好きぃぃぃっ！ふぁ、あひぁあっ、あ、ぁ、あ、んぁあああっ、ふぁ、あひぁあああッ！」

子作り宣言をしたネイは、もう子宮口の疼きが止まらないのだろう。

奥に届けば届くほど、奥を可愛がれば可愛がるほど、どんどん理性が崩れていき、彼女の中で快感が膨れ上がっていくのがわかる。

「くぅうっんぅぅうっ、うぁ、ふぁあっ、あひぁあっ！　はぁっ、はーっ、はーっ、はーっ……あ、あぅ、んぁぅっ……なぜ……どうしてっ……」

と、快感に浸っていたネイが、戸惑う仕草を見せる。

「どうした、ネイ」

「あ、あのっ……普段なら、もうレオン様、射精されている頃だと思って……なのに、まだ……んぁあっ！　ま、まだ、出していただいてませんので……ふ、ふぁあっ……！」

「俺は、そんなに堪え性がないかな」

「ち、違いますっ。そういうことではなくて、ただ……おちんぽの膨れ方や、張り詰め具合をおまんこで感じる限り、いつもならもう、びゅ、びゅっと勢いよく、おまんこが満たされている頃なのですが……」

確かにネイの言うとおり、こんなに激しく腰を動かせば、普段なら既に果てている。

が、今日は特別なセックスだ。いつも通りとはいかない。

「はは。柄にもないことだが、できる限り我慢しようと思っているんだ」

「我慢、ですか……？」

「ついさっき、特濃の精液が欲しいとネイが言っただろう？　だから我慢をして、溜めている。ネイがどんなにきつく締めようとも、簡単に射精はすまいと堪えている」

ネイのおまんこも、彼女の欲望をそのまま形にしている。

膣口は竿を奥へと呼び込み続け、子宮口は鈴口をすすり上げてくる。

「っ……！　レオン様に、そこまでしていただけるなんてっ……！　あ、ああ、私は幸せ者ですっ、絶対、絶対妊娠いたしますっ、レオン様の赤ちゃん、絶対作りますっ！」

もう、腰はビリビリと痺れ、絶えず脳に快感が突き抜けている状態だ。

それでも、我慢。まず、ネイが達するまでは、俺も気を遣りはしない。

「……ネイ、そろそろ俺も余裕がなくなりそうだから、先に言っておく」

「んぁ、はぁ、はぁ……レオン様、なんでしょうか……」

「愛しているぞ、ネイ」

「っ……♥ はい、私もです。レオン様、愛しておりますっ……♥」

自然と顔を寄せ、唇を重ね、舌と舌を交わらせ、深く深くキスをする。

最も夫婦らしい、愛情を確かめる行為。が、それはラストスパートの合図でもあった。

「んふぁ……♥ あ、あぅ！　くぅ、うぁあっ、深い、とこっ……ひ、あひぃいんっ！」

唇が離れると、俺もピストンの回転を速める。

しっかりとネイの腰を掴み、子宮口だけに狙いを定めて腰を揺り動かす。

「ひ、ひぅうつ、んぅううっ！　ふぅ、ふぅっ、んくぅうっ、はっはっはぁっはぁっ、ひ、ひぁ！　ふぁ、あはぁあっ！　だ、だめですっ、おちんぽ気持ちよすぎますっ！　ふ、太いのが、たくさんたくさん奥にっ……ぐちゅぐちゅしながら、赤ちゃんのお部屋にっ……！　あ、あぁっ、い、イきます、レオン様より先に、私のほうがイっちゃいますぅっ！」

「先に絶頂していい。そのほうが、子宮口が降りてきて確実に精子が届く」

「あ、あぅ、レオン、様ぁっ……！　で、では、お先にっ……！　ひ、んひっ、ひぅうっ！」

何かを堪えるような、堪えきれないような、そんな表情をしつつネイが腰を震わせる。

それは彼女の絶頂と、膣口の強烈な締めつけの前兆。

「くぅ、うぁあっ！　あ、あっ、イくっ……！　ふぁ、あひぁぁぁあぁああああ〜〜〜ッ！」

気持ちよさそうに震えながら、予告通りにネイが達する。

そこだけが別の生き物のように、膣口がうねうねと蠢き、竿の根元をぎゅ、ぎゅっと締め上げて精をねだる。

「くぅ……！　ネイ、出すぞっ……！」

導かれるようにして、俺も精を吐き出していく。

鈴口を確実に子宮口へと届かせた状態で、ペニスの脈動に腰を震わせる。

ただ、ネイが子を孕みたいというならば、膣内《なか》出し一回では到底足りない。もっと、もっと注ぎ込んで、妊娠を確定的なものにしないといけない。

「んぃッ？　ひ、あひぃいッ！　えっあっ、レオン様？　ど、どうして動いて、あ、あぐぅっ、ひぐぅぅぅっんぅっんぐぅぅぅうぅうッ！」

俺の精を浴び続けてきたネイでも、この行動は予想外だったようだ。

射精が収まらないうちに、ピストンを再開する。絶頂したままの性器同士を擦り合わせ、さらに深い絶頂を求めていく。

「ひ、んひぃいッ！　んぉっおっおひぃぃいぃいぃいいいッ！　ひぁ、んぁっあっあっあああッ！　あーッ！　あーッ！　あぁあああーッ！　んぁっあっあぁあああー一ーッ！　やっらっらめぇっ、しゅごいしゅごいしゅごいぃっ！　なに、なに、私こんなの、こんなの知りませんっ……！あ、ぁ、あ、んぁっあっひぁぁぁあぁあああああ〜〜〜ッ！」

「知らなくて当然だ。俺も初めてするからな」

絶頂が、止まらない。射精している間にも、新たな精液が玉の中で作られ、竿の脈動と共に子宮へ向けて飛び出していく。

ネイの膣内も同様で、締めつけも震え具合も、一向に終わる気配がない。

ふたりして連続絶頂を極めること。それが俺の狙いであり、実際そうなろうとしている。

「ひ、んひぉおおおおッ♥　おぁ、んぁあああッ！　レオン、様ぁ……っ！　ひ、ぁ、くぅ！　んきゃぅうぅぅぅっ！」

この時点で、脳がすり切れそうなくらいに気持ちがいい。

でも、俺はその先を求めて、ネイの足を引き寄せる。

太ももを閉じさせ、膝を抱え込んで、前屈みの姿勢に。屈曲位、いわゆる種付けプレスの姿勢で、上からペニスを突き立てる。

「あひッ！　んひぃぃいぃいぃいッ！　やっやぁっ、らめ、らめ、ぅぁっあぁあっ、これらめぇ！　イくイくイくイぐイぐぅっ！　イキっぱなしになりゅぅっ！」

「どんなにイってもいい。一気に枯れるまで出し尽くしてやるからな」

「ひ、ぐ、んっんっんっ、んぁ、あぁああッ！　あひっんぎっきひぃぃいぃいぃッ！　あ、あぅ、またくりゅ、あぅ、レオンしゃま、またしゃせーくりゅのっ、びゅっびゅきひゃうのぉおっ！　あ、あぁっ、んぁっあぁあっ！　あーッ！　あーッ！　んひぁぁぁあぁあああーーーッ！」

杭を打つように、上からペニスを叩き込む。

その最中に、出す。ピストンをしながら射精し、精液を吐き出す。

子宮を子種で満たすだけでは飽き足らず、着床するまで射精を繰り返す。

「あ、ぁ、あ、ぁぁあああッ！　やっあっあひぁあっんぐぅうぅうぅうぁあぁあああああッ！　ま、また、わらひイって、んぎっ、あひぃぃぃぃぃぃぃぃぃ～～～～～～～～ッ！」

およそネイらしからぬ絶叫のイキ声。

射精と絶頂を重ね続け、行き着くところまで行き着くふたり。

ようやくペニスの脈動が収まり、ネイも絶頂のてっぺんからゆっくりと降りてくる。

「っ……あぁ……レオン、様ぁっ……好き、です……大好きですっ……精液、こんなにたくさん……ありがとう、ございますっ……♥」

凄まじい行為の余韻が、四肢を動かす力をごっそりと奪っていた。

そんな中、ネイは俺の二の腕をしっかりと掴みながら、ひたすらありがとうと繰り返してくれた。

ようやく身体の力が戻ってきたとき、ふたりがまずしたのは、熱い口づけだった。


確かな手応えがあった。

それからは、決してネイに無茶をさせないよう、細心の注意を払った。

家事をしていても、重労働は他の人間に手伝ってもらうことにした。

およそ一ヶ月の後、ネイが急に体調を悪くし、何度も吐き気をもよおし、顔色が青ざめるを通り越して土色にまで変化したことがあった。

皆が心配する中、俺とネイは心の中で拳を握った。

手を取り合って小躍りしたい気分だった。

安定期に入るまで、周りの人間には言わないでいたが、勘のいいフラウラなどは、ネイの変化に勘づいた。その上で、何かと気を遣ってくれた。

「レオン様は、こういうときのために私を妻にしたんだと思うんです〜。ささ、家のことは私がしておきますから、ネイさんはなるべく休んでくださいね♪」

フラウラの助けもあり、徐々にお腹の膨らみも顕著になっていく。

家族のおめでたが近づく中、俺は子が生まれるまでに最大の問題を片付けると心に決めていた。

モンスターや、あるいはロディアの兄が領内でよからぬ動きをしている中では、素直には子の誕生を喜べない。ネイが頑張っているのだから、俺も頑張らないと。

まず、相手に対して罠を張る。

内向けの施策としてソルド村の警備を強化し、北に繋がる街道を周期的に巡回させる。

同時に、領土の北端に大規模な関所を設けて自警団を置き、不審な大荷物を運び入れようとする者を摘発していく。

新たに入ってくるモンスターも遮断すべく、街道の巡回で潜んでいるモンスターをしらみつぶしに駆逐した。これらの策で、ソルド周辺の治安を回復させていく。

火薬による狼煙、また爆竹の炸裂音は、ここでも役に立った。

関所や森を抜ける道でバンバンと激しい音がしたときは、ソルドの村でも緊急事態だと捉えて厳戒態勢を敷く。その逆も然り。たとえば、関所を強引に突破した怪しい輩《やから》をソルドで捕らえることもできる。領内で怪しい動きを見せる者がいたなら即座に狼煙で関所に知らせ、逃亡を防ぐこともできる。

距離の離れた場所の連携が、治安の良化を後押ししていく。

こうして安全を確保しつつ、俺はロディアの商人仲間たちに、行商ついでに北の町で噂を流してもらうことにした。

裏にいると思われる貴族家、クルフォルム家やティツェット家の領土内で、こんな噂を流した。

『アルムフォートはソルド周辺の警備を固めているし、関所も煩わしいので、大きな商売ができない。だが、ソルドに力を注ぐあまりカントヒル方面には回す兵力がないらしい。大きな荷を運ぶなら、カントウェル山脈回りのほうがいい』

そんなふうに、触れ回ってもらったのだ。

自警団の動きも、ソルドに力を注ぐという噂も、それなりに真実味を持つだろう。

協力してくれた商人たちによると、下衆な者ほど勘ぐり、『レオンも男だ。新たな妻の故郷を優遇しているのだろう』と勝手に理屈をこねて、納得していたということだった。

単純な罠なのだが、相手も恐らく余裕はない。引っかかってくれる確率は高いと踏んでいた。

そして、こちらの想定どおりに事が運ぶ。

露骨に、カントヒル回りの荷が増えたのだ。俺の領土に入ってくる荷の量と、領土から出ていった荷の量が、不自然に合わなくなる。同時に、カントウェル山脈に続く山道の下では、壊れた木箱が複数見つかった。

これでいい。奴らの流れを絞れば、こちらも攻勢をかけられる。

不審な荷を運ぶ連中を検挙していく方法も考えた。だが、そいつらはきっとただの運び屋だ。いくら潰しても、根本を断ち切るには至らない。

なので俺は自ら密偵となり、敵地に斬り込むことにした。

貴族の正装ではなく、狩りを行うラフな出で立ちでカントヒルに向かう。

正体を隠して荒くれ者のふりをし、ギルドに身を寄せた。

何かと物騒な山道だ。荷を運ぶ連中も護衛を雇いたくなる。そこに目をつけ、大きな荷を運ぶ連中に狙いを定めて、駆け出しの傭兵だから安くていいと交渉し、旅に帯同していく。

護衛三組目で、明らかに異質な荷を運んでいる連中に出くわした。

無意味に山肌に木箱を投げ捨てたその連中は、早々に帰ると言い出した。

俺も北に用事があるからと、連中の旅についていく。案の定、連中はティツェット家の領内に入り、とある町の裏通りにある寂れた酒場へと入っていった。

成功報酬を受け取るため、運び屋は、任務を終えたなら必ず元締めの商人と会う。

その現場が、この酒場というわけだ。

案の定、運び屋連中にフードを被った男がすっと近づき、投げ捨てるように麻袋を渡す。

麻袋の中身は銀貨十五枚。これっぽっちかよ、いや約束通りの金額だなどと、お約束通りの小競り合いが始まった。

フードの男は、身なりがそれなりにいい。あれが元締めの一角に違いなかった。

「少し、話を聞きたい」

その男に狙いを定め、躊躇《ちゅうちょ》なく剣を抜く。

一息に相手の獲物を弾き飛ばし、切っ先を男の顔に向けた。

「レオン・アルムフォートだ。それで分かるだろう？　おおよその調べはついている。俺を、貴様の頭のところに案内してもらいたい」

「な、なんだと！　そんな馬鹿な話があるか、子爵がこんな寂れた酒場に来るわけないだろうが」

「貴様だって、俺の顔を知っているはずだろう。なんなら、ティツェット家の者に立ち会ってもらうか？　今一度言おう、俺を頭のところに案内しろ」

その時点で、勝負はついていた。

悪あがきをする男が懐刀を抜くも、瞬時に俺に叩き落とされる。

観念した男は、俺をティツェットの屋敷へと案内した。どうやら、直接指示されていたようだな。

気色ばむ門番を制し、屋敷の中に入る。

すると廊下には、領主のものと思われる声と共に、聞き覚えのある声が響いていた。

ロディアの兄らしき男と仲間たちの、怒号と罵声だな。

――もう無理だ、止めたほうがいい。

――いやまだだ、あいつらに一泡吹かせるまでは。

――ソルドの村は既にモンスターが駆除されている、駐在所ができたおかげで人も物流も増えて以前より栄えてしまっている。

――カントヒル方面は手薄なままだ。続けていれば成果はすぐに現れる。負け戦を続けている奴らの、典型的な会話だ。

など、など。

事実を飲み込むことができず、意地だけで作戦を立てる。負け戦を続けている奴らの、典型的な会話だ。

男同士が情けない姿でわめいているのは聞き苦しい。すぐに終わらせてやろう。

「残念だがそれもすべて、俺の計画だよ」

大きな音を立てながら、扉を開く。

俺の顔を見るやいなや、ロディアの兄はぎりりと歯がみをし、領主はひっ、と短く声を上げ、尻餅をついた。

ふたりに対し、剣を抜いたまま言い放つ。

「この剣は、人を斬るために作られてはいない。だが、貴公等が人の心を持たぬ化け物と判断すれば、即座に心の臓を貫く鋭さを持っている。さて、問おう。果たして貴公等に、有翼のモンスターに殺されたアルムフォートの領民三十四名を弔う心はあるか。いきなり家族と死に別れることになった者へ、謝意を示す心はあるか」

だん、と音を立て、一歩前に出る。

切っ先は、領主の鼻っ面にまで迫った。

「この場で答えてもらおう。貴公等は化け物か、それとも人間か！　さあ、どちらだ！」

単独で敵地へと斬り込んだ俺の名は、広く知れ渡っていった。

改革に次ぐ改革で領土を住みやすくしていった頃も、『シンセの町に風変わりな子爵がいる』と噂されていた。ただ、今はもうそのレベルではなく、『あの子爵にちょっかいを出すと、必ず痛い目に遭う』という脅しに近い文言が噂に含まれている。

喜ばしいことに、マイナスのイメージはほとんどない。

俺の町は、悪人が悪さをできない町だ。

治安の良さは何事にも勝る。商機に溢れたシンセは、もはや物流の一大拠点となっていた。

それに呼応するかのように、地方の村も富んでいく。農地改革や作物の品種改良を行い、実用化できる技術はどんどん地方に下ろす。逆に、ソルドのように中央にはない技術を細々と継承している村もあるので、地方の視察は積極的に行い、使えるものはどんどん取り入れた。

そうなればもちろん、商機はシンセの町に留まらない。

友好的な周辺の貴族たちにも、生活に必要な技術はどんどん放出する。

たとえば井戸や浄水施設、また気候変動に強い作物の種や、病気に効くとされる薬草が、それにあたる。貴族が全て裕福ではないので、初期費用は最低限に。アルムフォート家の利益はゼロかあるいはマイナスとなる場合もある。ただそこは、メンテナンス込みの包括契約を結ぶことで、我が家にも細く長く利益が続く仕組みが出来上がっているので問題はない。

ロディアにも、よくこんなことを思いつくわね、と感心された。

事実、アルムフォート家の財政はこの後、年を重ねるごとに黒字に次ぐ黒字を記録していった。

「レオン、次は何をするんですの？　ここまでくると、皆、次を期待してしまいますわよ。レオン様は何をしてくれるんだろう、どんな富をもたらしてくれるんだろう、って」

「そうだな、まぁ遊びとして、資産１０００億Ｇを目指してみるか」

「それくらいきっと、レオンならさらりと達成してしまいますわ。小さな国がまるごと買える額ですけれどもね」

ロディアとそんなやり取りをしつつ、昼はきっちりと公務をこなす。

そして夜は、妻たちとしっかり愛し合う。

全てが軌道に乗った今、偶発的なトラブルにさえ対応していければ、領土の運営は上手くいく。

正直にいえば、後はもう、才女揃いであり絶世の美女である三人の妻たちとゆったりハーレムライフを送りたい。

ただ、狩りに治安維持にと奔走していたはずの領主が、美しい妻に溺れて自堕落な生活をしている……といった風説が広まるのは避けたいので、別の噂を流す。

ハーレムという現状を極力オブラートに包む表現。つまり……。

『レオンは、世継ぎ作りとその育成に精を出している』

何一つ、間違ってはいない。

シンセの町を末永く富ませるには、避けて通れない課題だ。

そして。

そろそろ、その世継ぎの第一子が、誕生する。


夜、今日は久しぶりに、俺の前に三人を揃わせてみた。

「ネイ、なかなかお腹が大きくなったな」

「はい。レオン様に、大事にしていただいていますので。最近は元気に、ぽこぽこと私のお腹を蹴ってくるんです」

柔和な顔で、お腹をさするネイ。

種を植えつけてから七ヶ月。経過も順調で、今から赤ん坊を抱けるのが楽しみでしかたがない。

「ネイさんとレオン様の愛の結晶ですね〜。いいなぁ〜、私も赤ちゃん欲しいな〜♪」

可愛いことを言いつつ、フラウラは俺のほうをちらちらと見て、軽く発情している。

ロディアも、早く交わりたいという表情を見せてはいる。が、彼女はネイのことを心配していた。

「でも、いいんですの？　セックスはお腹の子に悪いからと、今までネイは夜伽の番から外れておりましたのに」

「だいたい半年経って、ある程度お腹が膨れれば、安定期に入る。そうすれば、やんわりとした交わりなら……な」

「ふぅん、そんなものなのですね。わたくしはまだ、赤ん坊を宿したことがないのでわかりませんけれど」

と、ロディアには言い訳じみたことを言っているけれど。

単純な話、俺はボテ腹セックスがしたいだけだったりする。

そしてネイも、セックスレスな生活に悶々としていた。身体が第一なのは当然だが、気分転換ができるときは、しておいたほうがいい。

「ネイ。腹は張ってはいないか」

「はい」

「なら、久しぶりにお前を味わわせてもらうぞ」

「ええ。よろしくお願いいたします」

そっと、ネイをベッドに寝かせる。

大事な場所に負荷がかかりすぎないよう、体重をかけない正常位を選ぶ。

指で入り口をほぐしつつ、クリトリスを親指の腹でそっと撫でていく。

「んっ……ふ……あ、あっ……！　この、感覚……レオン様に、していただいて……どんどん、頭がふわふわしていく感覚……あぁ、好きですっ、レオン様、私、昂ぶってしまいますっ……！」

「まだ、手でしているだけだ。極まるには早すぎるさ」

「はぁ、はぁっ、ですが、おまんこがすぐに反応してしまって……申し訳ありません、レオン様の手を、私、汚してしまっています……」

「気にするな。ネイが気持ちよければ、それでいい」

ゆっくり、優しく、ネイの秘部をほぐしていく。

数ヶ月の間、俺のモノを咥え込んでいないスリットだ。念入りにしておいて損はない。

「うう～……久しぶりに、ベッドの上でネイに優しいレオンを見ますわ。なかなかに妬けてしまいますの」

「あら～？　ロディアちゃんは、ああいうふうにしてもらったことはないの～？」

「たまにありますわ。たま～に。でも大抵、そういうときのレオンは、意地悪くわたくしを焦らしてくるんですの。決してイかせず、わたくしがはしたなくおちんぽをねだるまで、挿入もしてくれず……って！　フラウラ、何を笑っていますの？」

「いえいえ～、レオン様は、ほんっとに私たちの扱い方がお上手だなぁって。ロディアちゃんを焦らすのも、そうすればするほどロディアちゃんが可愛くなることを知ってるからですものね～」

「……う……！」

「ネイさんも、丁寧にされればされるほど、どんどん理性が剥がれ落ちていくタイプですから……ほら、もう、お目々がとろ～んってなっちゃって……♪」

フラウラの分析はいつも的確だ。下手をすると、ロディアやネイを言葉で追い詰めていく手腕は俺以上かもしれない。

事実、ネイはもう、性欲全開の目で俺に懇願することしかできない。

「はぁ、はぁ……レオン様、お願いします……子を宿しているというのに、卑しくも愛液を垂れ流してしまっているこのおまんこを、レオン様の猛ったおちんぽで突いてくださいっ」

「わかっている。が、その身体でできる程度にな」

「……♥　はい、では……よろしく、お願いします……んっ……！　くぅ、んんんぅうっ！」

そっと、挿入していく。

亀頭が隠れ、竿が半分埋まるくらいの、深くはない繋がり。

ただ、それでもネイと性器同士を触れ合わせている感覚自体が、心地よさを連れてくる。

ピストンも同じ。ゆるりと抜き、そっと埋め戻す。

子宮口をあまり刺激しないように、数センチほどの抽送を繰り返す。

「ふ……んぁ……！　あ、あっ……ぁふ……ひ、ひぅぅっ……！　あぁ……気持ちいい、です……レオン様……ジンジン、きてしまいますっ……♥」

ゆるゆると膣道を刺激していくと、ネイの身体からどんどん力が抜けていく。

俺も、十分に気持ちがいい。

小さな穴は、変わらず俺をじっくりと締めつけてくれている。

「うわ……こ～んなセックスも、アリなんですね～」

「動きはすごく緩やかですのに、ネイ、幸せそうですわ……」

感心しているふたりに、手招きをする。

ネイを手伝ってやってくれと、指示を出す。

「は～い♪　ふふっ、お任せ下さい～♪　ん、ちゅ……っ♥」

フラウラが、右の胸に吸いつく。

「お、おっぱいは、いじってもいいんですのね……では、わたくしも……ちゅ、ちゅぷ……♥」

ロディアも、左の乳首に舌を這わせていく。

三人から抱かれ、甘美な刺激を受けたネイが、瞳をどんどん蕩けさせていく。

「ふぁ……あ……んぁ、ひぁあっ……！　はぁ、はぁ、んぁ、あぁあっ……！」

交わる部位も最小限。抽送の動きも最低限。

フラウラとロディアも、慈しむように乳首を舐め溶かしている。

それでも、快感は蓄積されていく。

ネイが、くんっとあごを上げて、切なそうに震える。

「んぁ……っ！　くぅ、ふ、ふぁ、あはぁあっ……！　レオン様っ……私、もう達してしまいそうで……あ、あぅ、私だけ、申し訳ありませんっ……」

「構わない。お前が気持ちよくなってくれれば、それでいい」

「は、はいっ、では……！　ひ、ひぅう！　くぅ、んぅぅうぅううううッ！」

俺の許可が下りた途端、腰を前に突き出して、ネイががくんとわななく。

絶頂は、決して浅くない。膣口が、ぎゅっとペニスにしがみついてくる。

その締めつけをもらいつつ、俺も腰の動きを速めていく。ネイに絶頂を与え続けながら、射精欲を高め、解き放つ。

「うぁ……く、くぅぅぅうぁあっ！　あっ……ひ、ひぅ、くぅぅぅぅぅぅうううんっ！」

ここ最近で、一番静かなセックスだった。

どくどくと流れ込んでいく精液。繰り返し背筋を震わせて絶頂を噛みしめるネイ。

淫らな台詞も、挑発的な行為も、激しいピストンもない。それでもお互いに快感を溜め込んで、幸せを爆発させることができる。

胸に吸いついていたフラウラが、ネイの唇にキス。

そうしたほうがいいのかしら、と若干ためらいつつ、ロディアもネイに口づける。

そして、俺も。

愛しの妻と、しっとりとしたキスを繰り返す。

「んく、くちゅる……ちゅぷ、ちゅぷ、ぴちゅるぅっ……ん、ん、んっ、んぁふ……」

言葉は要らない、触れ合うだけで心が満たされる行為。

これもまた、新しいセックスの楽しみ方だった。

お腹の大きくなったネイとだからこそ生まれた、楽しさかもしれない。

「あふ……レオン様……熱い精液を、ありがとうございます……♥　あっ、今……また、赤ちゃんがお腹を、ぽこ、ぽこって……ふふ、赤ちゃんも、お父様を感じることができて、喜んでいるみたいです……」

うっとりとした表情で、もう一度お腹をさするネイ。

その一方で、むぅ〜、とロディアがうなり声を上げる。

「レオン、ずるいですわ。ネイにばっかり、こんなに優しく接して」

「くすくすっ。ロディアちゃん、それは言いっこなしだと思うの。ネイさんには、ネイさんに合ったセックスがあるし、それはロディアちゃんとは違うものなのよ？」

「わかっていますわ！　けど、けどっ、幸せそうなネイを見ていると、わたくしもと思っても、しかたのないことではなくて？」

……よし、閃いた。

「わかった。ネイと同じように、ロディアも抱いてやろう。こっちに来い」

「えっ……？　よ、よろしいんですの？」

「ロディアの望みを、むげにはできないしな」

「……♥　ありがとう、レオン……♥」

ロディアを相手に挿入する。

しかし、最初は夢見心地だった彼女も、時間が経つにつれてどんどん追い詰められたような表情に変わっていった。

「まぁそうなるわよね〜、さっき自分でも言っていたじゃない」

と、にやにやしながら、フラウラがロディアの胸に吸いつく。

同様にネイも、やんわりと乳首に口づける。

非常に緩やかな抽送と、くすぐるようなタッチの乳首責め。

それは、激しいセックスに慣れた俺の妻にとっては、永遠の焦らし以外の何物でもない。

「はぁ、はぁっ、う、うぅ！　レオン、もっと！　もっと奥までしてくださいぃっ！」

「ネイと同じがいいのだろう？　なら、これくらいの深さだが？」

「あぅぅっ、ですが、ですがっ……あ、あぅ、子宮が疼いて……イキたいのに、イける二歩手前くらいで、じりじりして、おまんこが切なくなって……うぅ、うぅぅぅっ！」

さらに焦らす。徹底的に焦らす。

ロディアが真に懇願するまで、焦らしに焦らしまくる。

既に口元はよだれまみれ。涙も頬を伝っていて、顔はぐちゃぐちゃだ。

他の妻ふたりも、俺と同じ顔で彼女を見つめていた。

「ほら～、ロディアちゃん、そうなっちゃうでしょ～？　ネイさんの真似をしようとしても、ロディアちゃんにも私にも無理なのよ～♪」

「……ただ、レオン様の手のひらの上で転がされているロディア様は、私とは違う可愛さを持っていますので」

「確かにそうね。追い詰められれば追い詰められるほど、ロディアちゃん、本当にかわいくなっていくものね～♪」

がちがちと歯を鳴らしながら、ロディアが白旗を揚げる。

「うぁっあぁあっ、もうイかせてくださぃ、お願いっ！」

「くすくすっ、ロディアちゃん？　多分、それじゃあレオン様には通じないわよ？」

「ごめんなさい、ごめんなさいっ！　わたくし、生意気なことを言っていました……わたくしのおまんこは、おちんぽを奥までもらわないと満足できないおまんこでしたのっ！　もっと欲しい、おちんぽいっぱい欲しいっ！　ずぶずぶって、ぐちゅぐちゅって、レオンに思いっきり犯してほしくってたまらないの！」

最高潮に可愛いロディアを、今日も見ることができた。

満足した俺は、一気に腰を前へと突き出した。

「ひぎっ！　んひっあひぃぃいぃいぃいぃいぃい〜〜〜〜〜〜〜〜〜ッ！」

悲鳴のような喘ぎ声を上げ、瞬く間に絶頂へと達するロディア。

ネイも、フラウラも、ロディアの乳首を苛烈に責め立てる。

ロディアを連続絶頂の沼へと引きずり込んでいくその最中、フラウラと目が合った。

「…………♥」

軽くウィンクをされる。次は私をお願いしますね、という合図。

もちろん、彼女の望み通りにする。ロディアを可愛がりまくった後に、間髪入れずにフラウラと交わる。

フラウラも、焦らして焦らして互いに性欲を溜め込んだ後に、一気に絶頂へと押し上げるようなセックスをした。

三人の妻を等しくかわいがり、同じ量の精を注ぐ。

まさにハーレムという夜の営み。最上級の幸せと贅沢。

俺は、この感覚を味わいたくて、今まで頑張ってきたと言っても過言ではない。

そして。

このセックスから二ヶ月半後、ハーレムの象徴たる俺の子を、ネイが無事に産んでくれた。

子供は、女の子だった。

まん丸のほっぺたをしながら、ネイに似た利発そうな目元をしていた。

母乳を与えるネイはまさに母親で、赤ん坊を抱きながら自分の胸を差し出すその姿は、神々しさすら感じる。

一度だけ、ネイが俺に、申し訳ありませんと謝ったことがあった。

俺は、そのときだけネイを叱った。男を産めなかったことを悔やんだりするな、女でも俺の妻たちのように優秀な人間になれるのだからと、ネイを諭した。

モリス爺が、ネイの出産の苦労を労いもせず、次は世継ぎを頼みますぞ、と暴言を吐いたこともあった。俺はそんな爺を、未だかつてないほど冷徹な瞳で見据え、次に同様のことを言ったらお前の職を解き屋敷から追放する、と脅した。

出産がいかに大変であるか、今までもそれとなく理解していたつもりだったが、やはり自分の妻にしてもらった後では実感が違う。

シンセの町においても、いわゆる産科婦人科の医療整備はしてきたつもりだったが、それをさらに充実させる必要を感じた。

産後の母親に対するケア。同時に、母親になろうとする者への補助。二つの柱を掲げ、ロディアとフラウラに、それぞれ別の形で協力してもらう。

「赤ちゃんが欲しいときに、腰が冷えるのは一番悪いって、おばあちゃんがよく言っていました～。地面の下で育つお野菜は、お料理に上手に使うと身体がぽかぽかしてきますので、皆さんにも推奨してみてはいかがでしょうか♪」

フラウラの助言を受けて、生姜や大豆など関連する野菜の作付けを増やしていく。

「海産物の仕入れなら、わたくしにお任せくださいな。レオンの言った品々、商人を増やして、潤沢に仕入れられるように万事整えておきますわ」

不足しがちな鉄分を母親に摂ってもらうため、ロディアのルートで海産物関連の仕入れを強化する。青魚やわかめなどの海藻類、そしてしじみなどの貝類。いずれも鉄分を多く含む食品で、乾燥させれば日持ちもするし、栄養価も高くなる物ばかり。

病は気から。治療は食から。

食の改善は、民でも簡単にできる医療の第一歩。

揃った食材をどのように使えばいいか、レシピをまとめる作業は、フラウラとネイに一任した。好評となったレシピは、ロディアの商人たちが食品を売るときのうたい文句となって、領内外を問わず広がっていく。

思った以上の反響があり、レシピに関する問い合わせがあったりで、俺もその対応に追われる日々が続いた。しかしなにより、丈夫な子を授かったとか、出産後のだるさが改善されたとか、そういう民の声が嬉しい。

ロディアも俺も、まだまだ新たな商機はあるものだと、驚いていた。

同時に、俺とロディアの心得も、一言増えた。

『人生経験は商人の糧』、だ。


――そして、夜。

寝室に来たフラウラは、いつもと比べ、ちょっとだけいたずらっぽい笑みを浮かべていた。

「レオン様、試してみたいことがあるんですけど～、いいですか？」

「試す？　何をだ？」

「んふふふ♪　『お母さんのためのお野菜摂取促進レシピ』の副産物といいますか、そのようなものなのですけど……これも、ソルドの村で伝承されていたものなので、いつかレオン様に紹介しようと思っていたんです～」

妊娠に関する食品で、ソルド発祥のもの。

俺に紹介したかったとフラウラは言うが、それはこの、夜のタイミングでなければいけないものなのだろうか。

などと頭をひねっていると、彼女が何やら手のひらには余るサイズの、筒状のものを取り出してきた。

「……ちょっと、恥ずかしいですけど……今日は、これを使ってくれませんか？」

フラウラのような性に明るい女性が、それでも羞恥に顔を染め、使ってくれと言った物。

筒状のそれは、よく見ると麻紐のように編み込まれた紐でできていた。

親指と人差し指で作る輪、くらいの直径。先端が丸く、そこを過ぎると棒状になっている。長さは手のひらをいっぱいに伸ばした程度。

なるほど、と思った。これは、今日も長い夜になりそうか。

「これはきっと、女性を喜ばせる道具だな」

「……！　ご存じだったんですか？」

「知識としてはな。実物を見るのは初めてだ」

彼女が持参したものを手に取る。たぶん、元の世界でいうところの「ずいき」のような物だろう。

里芋に似た植物の芋茎、または葉柄《ようへい》ともいう部位は、土の中にある芋から生えている長い茎のような部分をいう。

この芋茎、醤油で煮詰めるなどすると食用にもなる一方で、別の使い道もある。

中に含まれる成分が、とりわけ女性の膣壁に作用して、その性欲を増幅させるらしい。

なので、それを乾燥させ、なめした後で、挿入可能な形に編み込むのだ。

その形状は、普通に言えばこけし。卑猥な見方をすれば、男性器に程よく似ている。

つまりこれは、この世界における大人の玩具。媚薬が染み出るという効果付きのディルドーだ。

「しかし、ここまで精巧に、男根に似せて作れるものなのか」

「それは……えへ、私の手作りなので……♥　サイズとか、長さとかは、レオン様のおちんぽを参考にしてますから、いい感じになっているんだと思います～♥」

「その言い方だと、すでに自分で試したことがあるんだな」

「いえいえ、ないですよ。これが初めてです」

衣服を自分ではだけさせつつ、フラウラがベッドに上がる。

そんな彼女を抱き寄せつつ、ディルドーの表面を水で濡らし、滑らかにする。

「これを、フラウラの膣内《なか》に入れればいいのだな」

「はい。遠慮なく、きちゃってください♥」

M字に開いた太ももの中心に、亀頭を模した部分をあてがう。

ゆっくりと挿入していくと、愛液でディルドーの表面が濡れていく。

「んぅ……！　ふ、ふぁ……くぅ、んんんっ……！」

ペニスを挿入していないのに、フラウラが悶える。

この世界でまさかこんなプレイをできるとは思っていなかったから、俺もかなり興奮している。

自分の手の動きが、とてもいやらしい。

ねっとりとした動きでディルドーを抜き差ししつつ、膣口の様子を覗き見る。

「つ、ぁふ……はぁ、はぁ、んくぅっ……」

「どんな感じかな？　効いてきたか？」

張型をさらに前後させる。

たまに、自分の腰の使い方と同じように、円を描いてみたり、亀頭の部分で腹の裏側を圧してみたりする。

愛液がじわりと溢れてきて、芋茎のディルドーがさらに濡れ、表面がてらてらと光り始める。

「んっ……ふ……あ……んんんぅっ……くぅ、はぁ、はぁっ……」

しばらくの間、じっくりと抽送を繰り返していく。

芋茎からにじむ有効成分は、水に溶ける性質を持つ。なので、フラウラのおまんこが濡れれば濡れるほど、媚薬が染み出て快感が加速するという構図になるはずだ。

ぬちゅ、くちゅっと音を立てて、ディルドーが出入りする。

肉襞が擬似ペニスに絡まり、引くたびに内側の赤い膣壁がちらちら見えるようになる。

……そして。

「っ……あ……少し、効いてきたかもしれません……ひ、ひぅっ……！」

びくん、と、フラウラの腰がわななく。

ぐぢゅりと音を立てて、透明な蜜が膣内から溢れ出す。

愛液の滴り具合が、一気に倍加する。

「うぁ……あ……ひぁあっ……！　あ、あぅ、これ、まずいかも、しれません～……効き目、判断するのが、遅かった、かもっ……！　あ、あひ、ひぁ、うぁあっあっあぁあああああッ！」

声のトーンが、二段階ほど上がる。

まるで絶頂したときのように背筋をぐんと反らして、フラウラが身悶える。

確実に媚薬が効いていた。いや、効き過ぎていた。

慌ててディルドーを抜くが、もちろんそれくらいではフラウラの疼きは収まらない。むしろ、膣道への刺激を失ったことで、より疼きが激しくなってしまう。

「つ……は、はぁ、はぁっ……！　レオン、様ぁ……えへへ、お手数……ん、んぁぁっ！　お、お手数をおかけして、申し訳ないのですが……」

フラウラが、体勢を変える。

うつ伏せになり、俺に向かってお尻を突き出し、すっかり出来上がった秘部を指で開いてくる。

「………犯して、いただけますか？　もう、おまんこが我慢できそうにありません……♥　と、いいますか……犯してもらわないと、頭がおかしくなるレベルで、おまんこと子宮が、むずむずうずうずして、止まらなくなってしまいますっ……♥」

「このまま、後ろからか？」

「はい♥　レオン様のおちんぽでかき混ぜてもらうのに、これが一番いいですよね♥」

媚薬に神経を冒されている割に、フラウラは冷静な判断をする。

あるいは、卑猥なことにだけ脳が働き、淫らなことにひたすら集中している状態だから、後背位の姿勢で俺を誘っているのかもしれない。

「うぅ……すみません、もう……できれば、早くしていただけると……」

ここで焦らすのも可能だが、俺はその選択を採用しなかった。

純粋に、フラウラが限界に見えたからだ。

「わかった。フラウラ、最初に言っておく。どんなに乱れても構わん。俺のペニスを貪っていい」

「あは♪　ありがとうございます。レオン様、大好きですっ……！」

どうにか理性が残っているのは、ここまでだった。

肉付きのいいお尻を掴み、ペニスを一往復させた瞬間、フラウラがとんでもない声を上げる。

「んぉッ？　ぉひっ、んひぃぃぃいぃいいいいいいッ！」

シーツに顔を突っ伏して、背筋を震え上がらせるフラウラ。

一瞬で絶頂まで押し上げられた彼女が、愛液を噴き上げて悦ぶ。

「はひ、んひぃッ……あ、あは、おまんこ、ぐちゃぐちゃになってますっ……これ、イくの、イっちゃうの、だって、レオン様のおちんぽ気持ちいいから、あ、あは、気持ちいいっ、生のおちんぽすっごく気持ちいいんですぅっ♥」

「……フラウラ、大丈夫か」

「えへへ、だいじょ～ぶじゃ、ないです～。レオン様がずぼずぼしてくれているので～、どうにかおかしくなる一歩手前で踏みとどまっている感じです～♥」

限りなく発情している瞳。精を欲しがってざわめく膣壁。

絶頂しても、さらに大きな絶頂を求めて揺れ動く腰。

俺が後ろから犯している格好だけど、フラウラが俺へと腰を擦りつけてくるので、否が応でも繋がりが大きく、そして深くなる。

「ひぅ、んぐぅぅうっ！　はーっ、はーっ、レオン様、もっと、もっとぉっ♥」

フラウラが俺を求める。俺もそんな淫らなフラウラを突き崩す。

ぢゅぷぢゅぷと粘っこい音が立つ。パンパンと小気味よい音を立てて腰と腰がぶつかり、垂れ落ちた愛液がふたりの間で糸を引く。

「ふひっんひぃいいっ、ひん、ひん、ひん、ひぃんっ！　くぅうぁあっ、あひぃいいいいッ！　あ、ぁ、あ、あ、あっあっんぁっくぅうううぁあッ！　レオン様っ、これいい、たまらない！　んやっあっんぁっ、ひっあっあっんぉあぁあああああッ！　あーッ、あーッ、あぁあああッ！」

彼女がさらに深い絶頂へと登り詰めたとき、おまんこがより淫らに変化する。

「ひぎっんぎぃいいいッ！　ひーっ、ひーっ、んぃいいいいいいいいいい～～～ッ！」

繋がった場所のすぐ上の穴から、飛沫《しぶき》が上がる。

愛液の粘り気ではなく、さらさらとした液体がほとばしり、広範囲にシーツを汚していく。

フラウラのおまんこが、どれだけ淫らに変貌したかを象徴するような潮吹き。ピストンを繰り返すたび、生温かい液体が間欠泉のように噴出する。

どれだけ淫らになっても止まらない。絶頂を繰り返しても収まらない。

媚薬に苛まされた肉襞が、俺という雄を求めて無尽蔵に蠢いてくる。

そして、その媚薬の影響が、俺にも出始める。

「っ……う、うぁ……！　フラウラ……っ！」

膣道に残っていた媚薬成分が、愛液を媒介にして竿に塗り込まれていく。

その効果は、抜群すぎた。

じわりと腰が熱を持ち始めたと思った瞬間、がくんと膝が砕けた。交わっているペニスの表面が

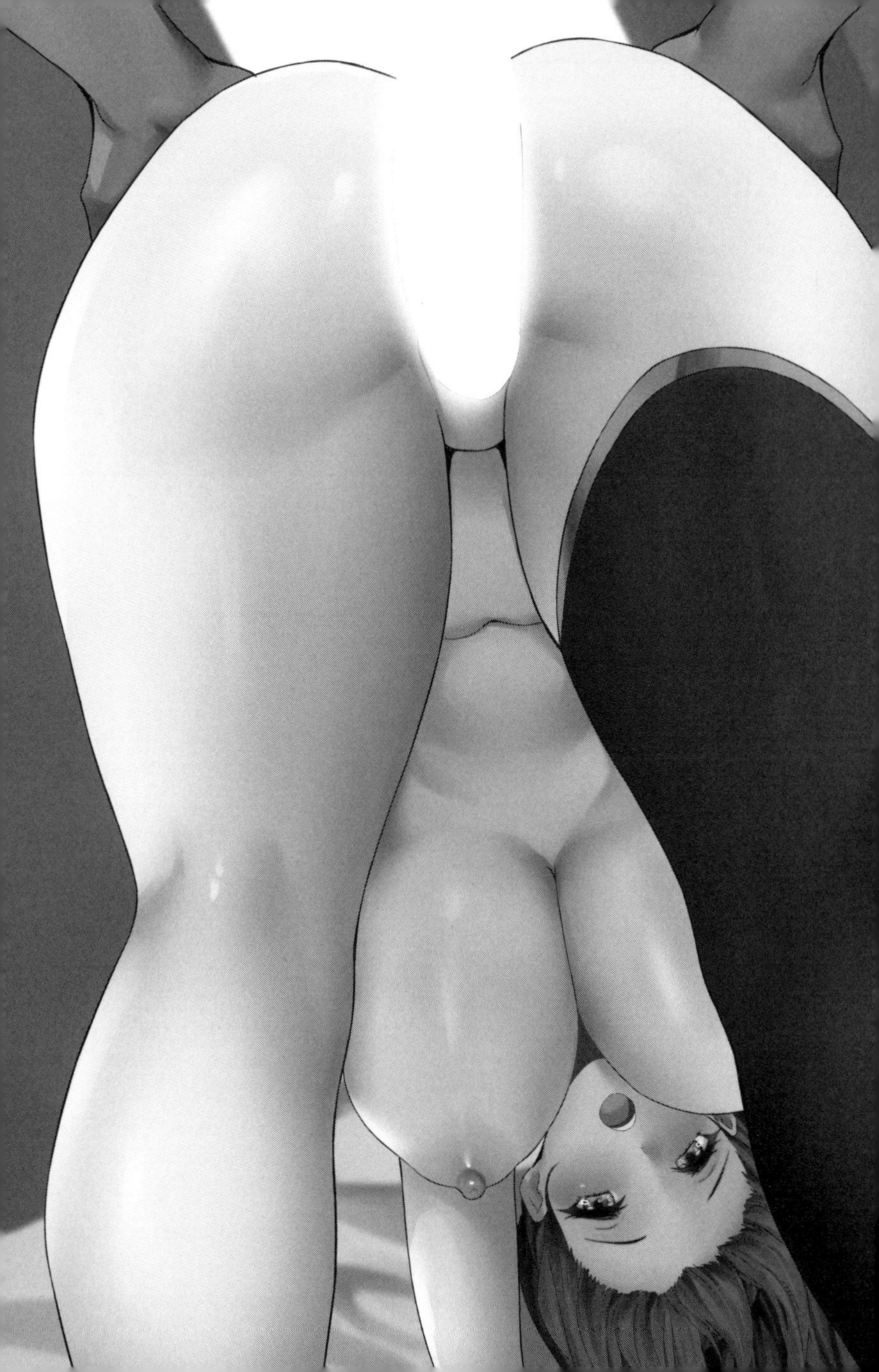

ざわつき、むずがゆく疼き始める。

その疼きを収めようとして腰を振ると、敏感になったペニスが肉襞の凹凸を余すところなく感じ取ってしまい、一気に快感が限界を超えて溢れかえる。

「だ、だめだっ、くぅ、うぅぅぅう！」

「ひぎっ、んぐっくぅうぁあぁあああああぁッ！　あひっんひぃぃぃっ、おちんぽきてましゅっ、レオン様っ、イって、しゃせーしてくれてっ、あ、ぁ、あ、あぁっ♥　んぁぁぁあッ♥　わ、わらひもイくっ、またイくっ、イキっぱなひになっひゃいましゅぅぅうっ♥」

明らかに、感覚がおかしくなる。気持ちよさが限界を超えているはずなのに、もっと、もっととペニスが快感を求め、フラウラに腰を叩きつけてしまう。

射精しても止まらない。むしろ、出した精液を媚肉の隅々にまで塗りたくりたくなる。絶頂しているのか、絶頂に向かっているのか、はたまた絶頂の後の余韻なのか、境界がわからない。

もっと絶頂したい。もっと絶頂させたい。

さらに奥へ。精液を受け止めてくれる場所へ。

尻肉をたわませる勢いで、腰を打ちつける。激しく奥へと亀頭を突き入れ、膣奥をごりごりと刺激し、子宮口を強引にこじ開ける。

「んほぉおッ♥　おひっ、あひぃぃぃぃッ♥　そ、そこっ、レオンさま、そこぉっ！　欲しいでしゅ、しゃせーしてくらしゃいっ♥　びゅっびゅしてくりゃしゃいぃっ♥　子宮に出してほしいれふ、種付けしてっ、してっ、してぇぇぇ～～っ！」

「くぅう……！　うぁ、あ、あっ！　わ、わかった、フラウラ、受け取れっ！」

「あぎつ、きひぃいッ！　あっあっあっ、また激しくっ、んぁっあっあひぁぁぁぁあぁああッ！　らめらめらめぇっ、強いのくりゅ、いちばんすごいのきひゃぅぅぅうううッ！　あーッ♥　あーッ♥　あーッ♥　あぁあああーッ♥　んぁぁぁあぁぁああああーーーッ♥♥♥」

ぐぢゅ、と音を立てて、腰が密着する。

快感がはじけ飛んで、目の前が真っ白になる。

絶頂を重ねた上での、深い深い絶頂。

淫らな秘芯の奥の奥で、キスをしてじゃれつき合う鈴口と子宮口。

ありったけの子種を、吸い尽くされる。全部出してくれるまで放さないと、子宮口が先端に吸いつき、膣口が竿を掴んでくる。

最高の快感が、長く、長く続く。果てしなく続いていく。

俺はこの感覚に、覚えがあった。

ネイに種を植えつけたときと、同じだった。

そして、ひと月ほどが経った後。

フラウラの身体に、懐妊の兆候が見えた。


ネイが子を産み、次はフラウラが……となると、ロディアにも等しく接しないといけない。

ハーレムはとびっきりの快感を連れてくるが、三人平等という点においては、俺が気を利かせないといけない面もある。

ただ、俺の妻は皆、出来た人間で、必要以上の嫉妬に駆られたり、不要な優越感に浸ったりすることはなかった。

ロディアも、自分の順番が最後になったことについて、軽く愚痴りはするものの、不満を漏らすことはなかった。

「わかっていますわ。ネイは正妻ですから、子作りも最優先。フラウラはわたくしたちより年上ですから、子を作るには早いほうがいい。そういうことですわよね」

さすが商人といった、物わかりのよさと切り替えのよさ。

しかし、理屈はわかっていても心は別、ということもある。さらにいうなら、性欲はもっと別で、ロディアは前にも増して俺に懐いてくるようになった。

そんなある日。視察と称して、ロディアと共に町へと出た。

ロディアが経営する店や、商人仲間が集う商店街などを見て回る。

商人というより夫婦の目線で、欲しいもの、足りないもの、もっと安くなってほしいもの、逆に高くても買いたいものなどをピックアップして、今後の運営に役立てる。

とまぁ、公務の形を取ってはいるものの、実のところはデートと表現して差し支えない。

手を繋いで身を寄せてきたり、珍しい輸入雑貨に目を輝かせたりする彼女は、何より可愛い。

俺も気を良くして、予定よりも長い時間、ロディアとの買い物を楽しんだ。

そして。

視察の中で一件、見慣れない新規の店を見て回った。

このごろ俺が力を注いでいる、母親になる女性を応援する店、だった。

この店、名を『マザーズカーテン』という。

業務内容は、医療機関の斡旋と、商品の販売。店内に陳列されている品は、母親としての時系列順に、子を授かりやすくなるという薬から、マタニティグッズ、赤ん坊のための衣服や下着、知育玩具と、とにかく隙間なく全てを揃えようとしている店だった。

そこでロディアは、俺の視察の合間を縫って、自分自身の買い物をしていた。

子を授かるための薬なら、フラウラが監修を行っているから、俺の屋敷で彼女からもらえばいいだけの話だがな。

そうこうしているうちに、ロディアと過ごす時間が終わりを告げてしまう。

というか、完全にタイムオーバーだった。視察に充てていた時間を、一刻ほど過ぎていた。

ふたりで屋敷に戻った後、俺は先に残務を片付けることにする。現場の担当とも話をするので、執務室ではなく会議室に入り、要点を詰めていく。

ロディアには、また夜に、と告げてある。

昼のデートに加え、夜も一緒の時間を過ごす。そうすれば、多少沈んでいた彼女の気持ちも、いくらかは晴れるだろう。

そして、数刻後。

日が陰り、夕日が屋敷を照らす頃。

会議を閉会させ、本日の公務を終えた俺は、執務室へと戻り扉を開ける。

「きゃっ？」

俺の事務机のほうから、短い悲鳴が聞こえた。

ロディアが、いつも俺が座っている椅子に腰を下ろしていた。

それくらいなら、どうということはない話だった。

が、彼女の下半身は、どう見ても普通の格好をしていなかった。

俺は、後ろ手に扉を閉めた。

そしてゆっくりと、ロディアに近づいていく。

「動くなよ」

短く、そう言い放つ。

ずれた腰布を直そうとしていたロディアの手が、びくんと震え、止まる。

「ロディア、ここで何をしていたのかな」

「っ……そ、それは……」

「俺の椅子でなにをしていたのか。正直に答えてもらおうかな」

「あ……あぅ……」

自分の中の血の巡りが、サド寄りに切り替わる。

何せ、ロディアは今、透明な蜜で椅子を汚しているのだから。

彼女は俺の椅子に浅く腰掛け、自ら腰布をずらし、自分で自分を慰めていたのだ。

しかも、指でではなく、器具を用いてだ。

「ロディア」

キスができる距離まで、顔を近づける。

興奮で赤みを帯びている頬と、快感に弾んでいる息づかいを、間近に感じる。

「ロディア、答えるんだ」

ほんの少し凄みを利かせ、ロディアの逃げ道を塞ぐ。

観念した彼女が、淫らな告白をし始める。

「っ……オナニー……して、いましたの……自分で、自分を慰めていましたわ……」

「正確に」

「……っ……そ、その、レオンと、昼、デートをして……も、もちろん仕事も込みのお出かけでしたが、でも、デートで……楽しくて、嬉しくて……そんな時間を過ごした後に、別れ際に『今日の夜は、お前だけを抱きたい』なんて囁かれたんですのよ？　だから、おまんこが疼いて……夜まで、待てなくて……」

「もっと、正確に」

「わ、わたくし、発情していましたの。ですから、レオンの匂いでいっぱいのこのお部屋で、レオンに抱かれる妄想をしながら、オナニーしていましたの」

「正確に、と言っている」

「も、もう十分でしょう？　恥ずかしい独白は、全てしたつもりですの。これ以上、何を言えば許してくれますの？」

「なら聞こう。今、お前の股間に突き刺さっているものは、なんだ？」

「っ……！」

もちろん、見覚えがある。

恐らく、昼間視察した『母親のための店』で、ロディアが買ったものがこれだ。

男性器を模した、編み込みの張型。

例の芋茎のディルドーがロディアの手に握られ、秘芯の中へと入り込んでいた。

「……おちんちんの、形をしたもの……ですわ。大人の玩具、というものですわ」

「なるほど。それの効果は知っているのか？」

「男女の営みを、熱く激しくすると……使えば女陰が熱くなると、聞いていますの」

このディルドーは、市販品だ。

俺とフラウラが身をもって効力を体験した初期のものに比べて、改良が為されている。

フラウラの理性を吹き飛ばすほどの商品が、一般の家庭に出回ったら大ごとだからだ。

媚薬成分が強かった試作品とは違い、芯の部分は柔らかな木を採用し、その周囲にだけ芋茎、という組み合わせで、抑え目に作られている。

だがロディアも、これを使うのははじめてだろう。

耐性のない薬ほど、体内に取り込まれやすい。媚薬の効きは、相当なはずだ。

「っ……ふ……うぁ……あ、あぅ……」

俺に何かを懇願する瞳。

ディルドーが突き刺さったままの秘芯が、さらに疼き、熱くなっていく。

理性の崩壊と性欲の暴走は、時間の問題だ。

「ロディア。欲しいか？」

耳元で囁くと、ぞわぞわと彼女の背筋が震える。

「っ……ほ、欲しい、ですわ……」

「何を、どこに」

「ぐ、レオンのおちんぽを……わたくしの、はしたないおまんこに……」

「どのように」

「お、犯してほしいですの！　夜まで我慢できなかったふしだらな雌穴を、目一杯ぐちゃぐちゃにかき混ぜてほしいですのっ！」

天邪鬼なところがあるロディアから、ここまでの懇願を引き出せたのなら十分だ。

もう彼女も限界だ。後は、出来上がっている『雌穴』をいただこう。

「ロディア、こっちだ」

「えっ？　あっ、きゃんっ！」

強引にディルドーを引き抜き、手首を掴んで立たせる。

壁際に押し込んで、片足を抱え込み、天井を向いた亀頭を雌穴の入り口にあてがう。

「ふぁ……！　あ、あっ、レオン……それ、欲しい……おちんぽ、欲しいのっ……！」

「……それだけでは、満足しないだろう？」

「っ！」

ロディアが最後の理性を働かせて、俺が言わんとしていることを察する。

その上で、性欲の先にある欲求を、俺にぶつけてくる。

「わたくし……今日が赤ちゃんを作るのに最も適した日ですの……ですから、奥に、わたくしの赤ちゃんのお部屋に、ありったけの精子を注いでほしいんですの……っ！　レオンの赤ちゃんの種をもらって、レオンの赤ちゃん、産みたいんですの！」

そこまで言ってくれたロディアに、熱いキス。

唇を割って舌を突き入れ、無尽蔵に口腔を舐め回しつつ、腰を前へと押し出す。

「んぅ！　んくぅ、んんんんん～～～～っ♥」

一気の挿入。少し窮屈な格好の中で、できるだけ性器と性器を触れ合わせるよう、互いに腰を引き寄せながらのセックス。

床についているロディアの片足も、かかとが浮き気味だ。

俺に寄りかかるように、ロディアが体重を預けてくる。そうすると、より繋がりが深くなる。

「んく、くちゅる、ちゅぷぷっ……♥　ぁふ……レオン……これ、すごいですわ……わたくし、おちんぽを入れてもらっただけで、軽く達してしまいましたの……♥」

「俺もお前も、もう普通ではないからな。これから先、軽くどころではなくなるぞ」

「……？　レオンも、ですの？」

「媚薬に濡れた雌穴と、一つになっているんだ。そろそろペニスにも媚薬が回ってくる」

じわりと、腰の根元が疼いてくる。

フラウラの時ほどではないが、それでも自分の感覚がおかしくなっていくのがわかる。

ロディアの媚肉の特徴的なざわめきを、早く感じ取りたくなる。亀頭を、カリ首を、ぬめる襞の凹凸に擦りつけたくてたまらない。

「いくぞ、ロディア。悪いがもう、俺も手加減できない」

「つ……！　レオンの、本気ちんぽ……わたくしも、おかしくなってしまいそう……♥」

たまらず、腰を動かし始める。

まずは純粋なピストンで、襞の連なりの感触を確かめる。

程良くほぐれたところで、今度は回転。亀頭で膣奥を圧しながら、カリ首で襞の凹みの奥をくすぐるように、腰を回していく。

性器同士がさらに馴染み、媚薬もまたお互いの最も敏感な部分に塗り込まれていく中、次は腹の裏側に狙いを定める。一定のリズムで突き上げつつ、腰をしならせて角度をつけていく。

どれも、今まで一度はしたことのある腰使いだ。それでもロディアの膣内の感触が普通ではないから、快感の膨れ方が尋常ではない。

「はっ、はぁっ、んぁっあっふぁっあひぁあああっ！　レオンの、おちんぽっ……さっきから、ずうっと私の赤ちゃんのお部屋、ずん、ずんってしてくれていますの……♥　すごく、すごく幸せですのっ……♥　幸せすぎて、また簡単にイってしまいそうですわ……♥」

「俺に構わず、何度でも絶頂していいぞ」

「……♥　レオンも、いつ出してもいいですわ。わたくしの膣内で、いくらでも気持ちよくなってくださいな……♥」

普段であれば、快感を一つずつ積み重ねて、その結果として射精に至る。ロディアの秘芯も、過度の快楽で絶頂を繰り返すにしろ、ここまで子宮口が開きっぱなしになることはない。

でも、今は違う。鈴口が絶えず子宮口に舐め溶かされ、啜られている感覚がある。そのたびに背筋に電気が走り、積み重なるはずの快楽が溢れ返る。

「ぐ……！　ロディア……っ！」

「ひぅ！　きゃぅぅぅうっ！　あ、あっ、レオン、おちんぽ、跳ねて……っ、んひっあひぃっ！　くふっふぁっんぃっんひぃぃいいいいいいいいいいいいッ！」

快楽が溢れれば、当然射精に至る。

膣内に熱いほとばしりを受けたロディアも、たまらず何度目かの絶頂を迎え、愛液をどっぷりと噴きこぼしていく。

「ひぁ、はぁ、はー、はー、はーっ……♥　これ、もう止まりませんの……わたくしのおまんこ、レオンのおちんぽが好きすぎて、溜まっている精液を全部吸い取るまで離れたくないと言っていますのっ……♥」

もちろん、俺もそのつもりだ。今日この場で、ロディアの子宮を満たすまで離れない。

お互いの欲がしっかりと噛み合った、理想的なセックスを、俺たちはしている。

……ただ、それとは別に。

時折、俺はロディアを優しくいじめたくなる。それも、無性に。

「まだ、完全に日が暮れていないのにな」

意地の悪いことを、彼女の耳元で囁く。

「えっ……？　レオン……」

「台所にはネイがいるし、フラウラも隣の部屋だろう。ロディアと俺の発情した声が、ふたりの耳にも届いているかもしれない」

「な、なんですの？　どうしたんですの、いきなり」

「ふと思い出したんだ。確かに俺は、ネイともフラウラとも子作りセックスをしたけど、両方ともベッドの上で、しかも夜だったな、と」

「……っ……！　し、しかたがないですわ。本当に、本当に我慢できなかったんですもの！」

「夜まで待てなかったロディアが一番淫らだ、という結論になりそうだ」

「うぅ……！　んぅ……っ、ふ、くぅ……んんっ……！」

明らかに、ロディアが声を抑え込もうとする仕草を見せる。

それを確認した俺は抽送の速度を上げ、腰と腰をより密着させ、絶頂とその余韻でどろどろになっている膣道を擦り上げていった。

「ふぅ、ん、んぅ！　っあ……！　ひ、ひぅっ……！　わたくし、声……っ、ひぃんっ！」

「今更、ばれているかどうかを気にし始めても、遅いと思うが」

「けど、それこそ声を抑えなかったら、わたくしが何度も気をやって、イキながら精子を求めていることが、丸わかりになってしまいますわ……っ、きゃふ、んぅ、くぅうぅん！」

面白いことに、ロディアが声を殺し、快感を抑え込もうとすればするほど、膣内はよりいっそうざわめいてペニスをねだってくる。

連続で絶頂したいくせに、精液が欲しいくせに、堪えようとする。

そんなことは無理だとわかっていても、無駄な努力をしてしまう。

「ロディア」

また、耳元で囁く。

鞭の後は飴と、相場は決まっている。

特にロディアには、甘い飴がよく効くし、すぐに効果が現れる。

「別に俺は、淫らなことは気にしなくていいと思っている」

囁きつつ、耳たぶを舐める。

ひぅ、と小さな声を上げて震え上がる耳たぶを、唇をクッションにして甘噛みする。

そして、また耳元で囁く。

俺の息が掛かるたび、ロディアの背中がぞくぞくと震えるのがわかる。

「元はといえば、ロディアに本格的に種付けをしてこなかった俺が悪い」

「つ……うぅ……」

「ロディアも、俺が妻の淫らな声を聞けばもっと興奮すると思って、喘いでいたんだろう？」

「そんなこと……ひ、ひぅうっ……！」

「なら、派手な喘ぎ声を出してしまうのも、俺の責任にすればいい。だからロディアは、気にせず気持ちよくなってくれ」

「で、ですが……先程のように言われて、わたくしは……ん、ふ、ふぁ、くぅうんっ……！」

「……それとも、周囲にばれそうになっているスリルを欲しているのかな」

「っ！　そ、それは……うぅ、うぅぅ……！」

声を押し殺し、俺の言葉責めに身もだえている間も、ロディアは細かく絶頂に達している。

溢れた愛液が太ももを伝い、床を汚している。強烈な締めつけを受けて、俺もさらに二回ほど精を吐き出してしまっている。

ただ、こんな小さな絶頂では、今のロディアは満たされない。なので、彼女の理性を溶かしきるために、鞭の後の飴よりもっと甘い、蜂蜜がけの飴を用意する。

「こうすれば声を気にせず、何度でも絶頂を繰り返して、俺から精液を搾り取れるぞ」

「えっ……？　な、ふ、んぐ、くふむぅうっ！」

唇を、塞ぐ。熱い熱いキスをする。

恋人同士、そして夫と妻の、熱いキス。

舌を絡めて唾液を啜る、性的なキスではあるけれど。

一番の目的は、唇を重ねて互いの体温と快感の強さを共有すること。

「ふぅ、んむぅ……！　んちゅ、ちゅぷ……んくっくちゅるぅっ、れぅ、くりゅぅっ♥」

熱烈なキスを交わしながら、ラストスパートをかける。

正真正銘、これが種付けになるように。彼女の腰を支えながら、ひたすら突きを繰り返し、子宮口をノックしていく。

「ちゅぷっちゅくくっ、くふ、んむぅうっ♥　ん♥　ん♥　んぅ♥　んむ、ちゅぷぷぷっ♥」

セックスの最中も、ころころと表情が変わるロディアが可愛い。

俺の責めに、全力で反応してくれる彼女がたまらない。

キスも、ピストンも、俺の動きに合わせて激しくしてくれる。

意地っ張りだけど、健気で素直。

そんなロディアを、俺は今日、妻として愛し、母親にする。

「んぅぅぅっ、んく、くぅうぅんっ♥　んぁふ、ふぁ、はふ、ひ、ひぅぅぅっ……！　あ、あぅ、レオン、ま、また、よろしいですの……？　わたくし、精をねだっても、よろしくて……？」

「もちろん。俺も、ロディアに種付けしたい」

「は、はいっ♥　では、一番奥に……っ、く、くぅんっ！　そ、そこですわ、おちんぽぴったり赤ちゃんの部屋に合わせて、びゅっびゅって、してくださいませっ……♥　んっ、く、くぅう！　わ、わたくしも、また……ひぅ！　んぅっうぅうううううッ！　くぅぅぅぅう〜〜ッ！」

ざわざわと、肉襞がざわめく。

ロディアが絶頂するときの、膣内のうごめきを感じつつ、俺も射精欲に身を任せる。

もう、何度目の絶頂か、わからなかった。

ただただ気持ちいい締めつけの中で、俺は妻の子宮へと白濁液を流し込んでいった。

「くぁ……あ、あっ……た、たくさん、出て……っ、んんっ、ま、まだ、続いて……」

「ありったけを、だったよな」

「はい……最後まで……んんっ、最後の一滴まで、このままで……♥」

手応えは、十分だった。

ロディアも、精液をふんだんに受け止めたお腹をさすって、幸せそうに微笑んでいた。

このままロディアが無事懐妊し、その後も順調にいけば、フラウラとロディアがふたり同時に俺の子を産んでくれることになる。

男として、父親として、これほど嬉しいことはない。


ちなみに俺の目標は、妻全員の懐妊だったわけだが。

それとは別に領主として、そしてアルムフォート家の当主として立てていた目標が『資産総額1000億G』だ。

もっとも、モンスターの被害なども収まった今となっては、達成も時間の問題だった。

そして、ついにその時がやってくる。

とうとう、帳簿の総資産額が、1000億の桁に突入した。

皆で、目標達成の喜びに沸いた。

特にロディアには、その商才をもってアルムフォート家を支えた人物として、惜しみない拍手が送られた。

ただ俺は、目標を達成したその帳簿に、ほんの少し注目した。

１０００億達成の際、最後に帳簿に記入したのは、先日ロディアと共に訪れた店『マザーズカーテン』からの税収だ。

その日付は、俺とロディアが視察に訪れたまさにその日だった。

そのお陰なのか無事に子宝にも恵まれたたので、なんと喜ばしいことだろうか。

ロディアとも、ふたりで喜び合った。

そんなお祝いムードに包まれる、アルムフォート家。

妻は皆、才女であり、夜になれば俺に奉仕をしてくれる美女揃い。

俺の望みは、全てかなったと言ってもよいのではないだろうか。

そして、１０００億G達成から、半年後。

俺の家族に、可愛らしい女の子がふたり、新たに加わった。


「レオン様、本日は少々、趣向を変えてよろしいでしょうか」

ネイが夜のお勤めをしてくれる前に、そう切り出した。

彼女の提案が悪い結果に繋がったことは一度もないので、俺は首を縦に振った。

「この時期しかできないと思いまして」

そう前置きをして、彼女がメイド服の胸元をはだけてくる。

「どうぞ」

俺の頭を引き寄せて、ネイが乳首を差し出してくる。

その先端から、じわりと染み出ているものがあった。

「……飲んで、いいのか？」

「はい。私の子は前歯もうっすら生えてきて、もう乳離れの時期です。そこまで母乳は必要ありませんので、どうせならレオン様に味わっていただこうかと」

「なるほど。では、遠慮なく」

形のいいおっぱいに吸いつく。

んっ、と声を上げ、ネイが身をすくめる。

舌を這わせつつ、唇で乳首を揉み込むと、舌先に甘味を感じた。

「母乳は、甘いんだな。牛乳とは違う味がする。それに、格段に濃い」

「体調によって、味も変わります。濃いのは、それだけ溜まっていたからでしょう」

「なるほど。なら、ネイは今は、身体にどこも不安がないということか」

「はい。レオン様によくしていただいているので、至って健康です」

母親の身体を大事にする。それは、自分の妻に限らず、以前から領内全域にお触れとして出しているスローガンだ。

出産時に起こる痛ましい事故の原因は、多くが分娩の際ときの出血によるものだ。なので、貧血対策は特に徹底させている。

産後9ヶ月経ったネイも、そして出産したばかりのロディアやフラウラも皆、元気そのものなのは、俺の施策の集大成ともいえる。

「レオン様、下半身をこちらに」

おっぱいに顔を埋めた状態はそのままに、ネイの膝に頭を乗せ、寝るように指示を出される。

ネイの健康状態に安心した俺は、どうやら母乳を味わうという行為を、100パーセント性的な行為であると捉え始めたらしい。

ペニスが、痛いほどに勃起している。

その赤黒い肉塊を、ネイがそっと指で包み込んできた。

「……俺は、母乳を吸いながら、ペニスをいじられるわけか。随分と倒錯した奉仕だな」

「お嫌でしたか？」

「いや。赤ん坊の気分になりながら射精するのも悪くない」

まさか、この世界で赤ちゃんプレイをさせられるとは思ってもみなかった。

ネイはいったい、どこでこんなことを思いついたのだろうか。

フラウラもだが、この世界の女性は思ったよりもエッチなのかもしれない。

あるいはこれも、彼女の母性が為せる技なのか？

「では、おちんちんを、ゆっくりとしごいていきますね……」

俺の肉棒を柔らかく握っているネイの右手が、上下に動き始める。

じんわりと下半身が痺れていく感覚と、顔に感じるおっぱいの質感が、興奮へと繋がっていく。

そのまま、しばらくネイに身を任せる。

強めに吸っていいですよと言われ、乳首へとむしゃぶりつく。

ぴゅる、と出てくる母乳を、喉を鳴らして味わう。

それと共に、妙なところに感心する。

大人の俺が結構な力で吸いついて、やっと母乳が『噴き出て』くる。赤ん坊がこれを飲むのは、それこそ容易なことではない。

産まれたての赤ん坊は、恐らく唇とあごに渾身の力を込めて、母親の乳に吸いついている。生きるために全力だから、手加減などしないし、できないだろう。

そんな赤ん坊に、ネイは文句一つ言わずにおっぱいを与えていたんだから、凄い。

なかなか吸いついてくれないこともあっただろうし、逆に乳首が千切れるくらいむしゃぶりつかれたこともあっただろう。

さらに今、余った母乳を俺の性欲のために差し出している。

その奉仕精神たるや。俺には到底、真似できる代物ではない。

「ネイは、偉いな」

「……え？」

「いや、こっちの話だ。気にしなくていい」

女性の偉大さに感じ入りつつ、赤ん坊プレイに身を投じていく。

指先が肉棒の表面をなぞるたび、股間がジンジンと熱くなっていく。なのに舌が母乳の甘さを感じると、純粋な幸福感が身体全体にじわりと染み渡っていく不思議な感覚。

奇妙なむずがゆさが、腰の裏側を疼《うず》かせる。

ただ、ネイはそれ以上、指先に力を込めることはしなかった。

ネイの手コキから、俺を射精させようとする意思を感じない。

「……その……レオン様……」

今度はネイが、俺の名を呼んできた。

「どうした、ネイ」

「……いえ、なんでも……」

「言い淀むのは、ネイらしくないな。なにか俺に聞きたいことでもあるのか？」

しばしの間、ネイは黙ったままでいた。

その後、「このようなときにお伺いするのは筋が違うと思いますが」と言いつつ、俺に疑問を投げかけてきた。

「レオン様は、王都には行かれないのですか？」

「俺が？」

「はい。隠居され、王都に移住なさったお義父様から、最近よく手紙が届くのです。国王がレオン様を召し抱える用意があると仰っている、と」

「……なるほど、その話がネイにも行ったのか。俺は親父に、きっぱりと断ったんだがな」

断ったからこそ、妻にまで連絡してきたのだろう。女性なら、王都暮らしを望むはずだと。

「すでに、お断りになったのですか？」

「当たり前だ。シンセの町を統治するのが、アルムフォート家の当主である俺の役目だ。国王が何を考えているかわからないが、王都で俺がすることなど何もない。だから行く必要はない」

「し、しかし……レオン様の改革手腕とその実績は、もはや全国に知れ渡っております。国王から、今より上の爵位を授かることもあるのでは……」

「尚のこと、俺には不要だ。俺は別に、偉くなるために改革をしているのではない」

「……ですが……」

また、言葉がつかえる。

ネイがきゅっと、唇を噛む。

ここまで執拗に食い下がられるシチュエーションは、珍しい。

……なるほど。彼女が本当に言いたいことが、読めてきた。

「大丈夫だ、ネイ。むしろ逆だよ」

「……逆、とは？」

「ネイは、自分の存在が俺の枷になっているのでは、と危惧しているのだろう？」

「っ！」

やはり、そうだ。

親父からも来ているこの話は、言わば地方の支店長が本社に引き抜かれるような話だ。しかも、そのまま出世コースに乗ることが確約されている話でもある。

夫が栄転しようかというときに、妻である自分が邪魔をしてはいけない。

下級貴族の出である自分に構わず、存分に本社で働いてほしい——と、生真面目なネイは考えているのだろう。

ただ、俺からすれば、逆だ。全くもって逆だ。

「俺は今のままでいい。むしろ今のままのほうがいい。王都から遠く離れたシンセの町で、ネイたちとのんびり暮らせれば、それでいいんだ」

「レオン様の器は、もうシンセの町では受け止めきれないほど、大きくなっておいでだと思われますが」

「俺が知っている言葉で、牛の尻尾より鶏の嘴《くちばし》、という諺《ことわざ》があるんだ。大きな組織の尾ひれに組み込まれるより、小さな組織の頭であるほうが有意義だ、という意味でね。今が、まさにその状況なんじゃないかな」

「っ……お義父様は手紙の中で……レオン様と共に私たちも呼び寄せる用意がある、と仰っておいででしたが……」

「俺の妻たちは皆、子を産んだ後の大事な時期だ。それに赤ん坊たちもいる。長旅はさせたくないし、王都の水が合わないことも予想される。正直なところ、衛生状態は王都よりもシンセの町のほうがいい。妻や子供の健康を第一に考えるなら、王都行きなど愚策も愚策だよ」

王都に近づけば近づくほど、ややこしいことが増える。

俺はもう、田舎暮らしの素晴らしさにすっかり馴染んでいるのだ。

これ以上の上級貴族となり、権力争いに加わるなんてうんざりだ。

王都の貴族ともなれば、モンスターを我が領内に放ったティツェット家が可愛く見えるほど、陰湿で残酷な手を使ってくるだろう。

そんな場所に身を置くなんて、正直面倒でしかない。

俺の剣は、人の命を奪うようにはできていないのだから。

「ネイ」

「……はい」

「俺は、ネイを愛している。ロディアも、フラウラも。それでよくはないか」

「っ……で、ですが……」

「ですが、はもう無しにしよう。俺の優先順位は、王都より妻だ。俺を愛してくれている女性のほうが、圧倒的に大事だ。俺の幸せは、ネイたちが欠けては保てない。だから俺は、王都へは行かない。それが結論だよ」

「…………レオン、様……」

「親父には、俺からよく言っておく。招集がかかっても、領内のモンスターを抑えるためだと理由をつけて断るように、とな」

話は、終わりだ。

目の前にある、先端に蜜がにじんでいるおっぱいに、再び顔を埋める。

「手が止まっている。奉仕を続けてくれないか」

「っ、はい」

ゆっくりとした手コキが、再開される。

それ以降、ネイの口から、王都の話が出ることはなかった。

ふたりとも快感に集中して、互いを感じ取ることに夢中になっていく。

「つん……！　レオン様、もっと吸ってくださいっ……！　ふぅ、くぅぅぅんっ！」

乳首を吸われて、甘い声を上げるネイ。

指先で的確に刺激され、先走りを溢れさせる鈴口。

その透明な露《つゆ》を亀頭に塗りたくりつつ、絶妙な力加減でしごいてくる、的確な奉仕。

徐々に、いつもの夜の雰囲気になる。

そしていつしか、いつも以上の熱を持ったネイの奉仕になっていく。

「つ、ふ……はぁ、はぁっ、んぁ、ふ、ふぅ……！　ひ、ひぅ！　あっ、わ、私、そんな、胸だけで……っ、く、くぅう！　んんんっ！　んんん〜〜〜〜〜〜ッ！」

胸への愛撫だけで、達するネイ。

絶頂で手に力が篭もり、ぎゅっと竿を握られたことで、ペニスからも精液が噴き上がる。

白濁とした液体をほとばしらせながら、お互いに絶頂の感覚を噛みしめる。

そして。

「っ……はぁ、はぁ……レオン様……もっと、私の母乳を、堪能してください……♥」

淫らに染まった瞳で、ネイが懇願する。

それに応じて、俺も妻の乳房を性的に使っていく。

俺が上に乗っての、母乳にまみれたパイズリ。

再び乳首を口に含みながら、一心不乱に腰を振る正常位でのセックス。

「愛しているよ、ネイ」

「私もです、レオン様っ……♥　くぅ、ふ、ふぁ、あぁあ！　あぁああああああ〜ッ！」

最後は、耳元で囁きながら、同時に達し、身を震わせる。

そう。

この幸せが、あるのだから。

妻と抱き合う、この時間が幸せだから。

これ以上を、俺は求めない。

これ以上の幸せなんて、あるはずがないのだから。

エピローグ　終わることなき繁栄と

この世界で、俺は巨万の富を築き上げた。

しかもほぼ一代で、自らの力を礎《いしずえ》にして、である。

行動の大元となる思想は、単純明快なものだった。

自分が人間として快適に生活できる環境を整えたい、ただそれだけのことなのだから。

他人を貶めるような行為は慎み、権力闘争のようなゴタゴタを極力回避しつつ、たまに転生のときに授かった能力を使いながら領主として多様な問題に対処してきた。

それだけで家の資産は際限なく増え、三人の可憐な妻を娶ることにも成功した。

会社勤めで満員電車に揺られ、生活費を稼ぐことで手一杯だった前世に比べれば、今世はまさにハーレムだ。

どこまでも俺に尽くしてくれる、ネイ。

気の強い性格ながら、俺にはとことん可愛い表情を見せてくれる、ロディア。

一見つかみ所のない性格だが、芯は太く、俺を支えてくれるフラウラ。

三者三様の女性たちが、俺の生活を彩っている。

趣味の狩りも、続けている。

主には獣が畑を荒らす時期に、心の中で手を合わせつつ、剣を片手に熊や猪たちを間引きする。

最近は治安が良くなりすぎて、レアなモンスターたちの相手をすることはほぼなくなったが、それでもまだまだ俺の『折れない剣』は役に立っていた。

俺と平行して獣の駆除にあたる自警団たちも、もう手慣れたものだ。

猟犬を用いて獲物を追い込む者、連射式の弓を用いて仕留める者。獲物に刃を入れて毛皮をはぐ者、臓物を取り出して血を抜く者。

俺のようにひとりでは対処できないぶん、手分けをして狩りにあたり、チームプレイで害獣を駆除していっている。

狩りが上手くいった日は、町全体が活気づく。

ロディアの商人たちが肉を安く売りさばき、小料理店や居酒屋のメニューが豪華になる。我が家の夕飯も鍋や焼き肉といった献立が並ぶ。美容によいとされる熊肉や、栄養価が高い鹿肉が食卓に上ると、妻たちの評判もいい。

そして。

昼間に狩りをした俺と、ジビエで滋養をつけた妻たちは、夜の寝室で熱く交わり合う。

ベッドの上は、まさにハーレムの象徴ともいえる光景だ。

妻三人が揃い踏みで、子作りに励む。

皆、第二子をせがんで、俺のペニスを咥え込んでくる。

「はぁ、はぁっ、ん、んっ、んぅうっ……！　レオン様、いかがでしょうか……私のおまんこ、締まりも、戻ってきたでしょうか……」

「ああ。子を産んだ後でも、ネイの入り口の狭さときつさは変わらない。気持ちいいぞ」

「……♥　ありがとう、ございます……っ、ん、んぅ！　ふぁ、あ、あ、あはぁあっ！」

最初のセックスは、ネイと一緒に。

スタンダードな騎乗位で、彼女の膣の奉仕をまったりと受けていく。

本人は、赤ちゃんを産んだ後の締まりを気にしていたけれど、それはまったくもって杞憂だ。

むしろ、膣道が若干広がったぶん、膣口の締まりが際立つようになり、以前にも増して中へ奥へと吸い込まれていく感覚が強い。

心地よい交わり。ネイが俺のペニスを包み込み、俺も下からネイの奥を小突いていく。

「はっ、はっ、んぅっふぅっふぁっあぁあっ、レオン様、今宵もまた、私の奥に……っ、あっ、ぁ、あ、あっあっあっくぅうぁあっ、ひぁ！　んぁっあぁああああああああッ！」

快感が連なり、自然と絶頂に到達する。

ペニスの脈動に身を任せ、ネイの膣内を満たす。

懐妊を経験したことのある子宮が、慣れた様子で精子を吸い込んでいく。

「ふぁ……あ、あぁ……愛する男性の、大きなおちんぽで、達してしまうのは……いつになってもいいものですね……心と身体が、一瞬で満たされていきます……♥」

ネイは夢見心地ながら、僅かに腰を浮かせてペニスを抜く。

ぬぽん、と卑猥な音を立てて外気に触れた肉棒は、愛液と白濁液がまとわりついて、卑猥な輝きをしている。

「……レオン様、次はロディア様を」

「ん、心得た。さあロディア、こちらに」

大きな胸を持つ妻を抱き寄せ、ベッドに優しく押し倒す。

いざ挿入、といった段階で、彼女が不安げな表情を見せた。

「あ、あの、レオン？　お待ちなさいな、わたくしはまだ、赤ちゃんを産んで日が浅いんですのよ。まだおちんぽをもらえる身体に戻っていませんわ」

「何を心配している？　俺はロディアを抱きたいし、愛したい。それだけなのだが」

「ですが……うぅ……」

ロディアは、今日が出産後はじめての夜伽だ。本番行為となると、まだ戸惑いがあるのかもしれない。

あるいは、まだ女性器の周辺に違和感があるのかもしれないな。だとすると、激しい行為はやめておいたほうがいいか。

と、ネイが横から、口を挟んできた。

「レオン様、ロディア様におちんぽを入れてあげてくださいませ」

「ん？　いや、ロディア自身が、まだ早いと言っているのだが」

「問題ございません。ロディア様は既に、月経も戻っておいでです。子を宿せる身体ですので、おまんこの奥ではレオン様の子種を待ち望んでいる状態です。ロディア様が渋っておいでなのは、身体の変化を気になさっておいでなのです」

「なるほど。だが、それは気にしなくていいぞ。でも身体は大事だからな、ゆっくりとしよう」

薄く開いた膣口にペニスをあてがうと、するりと亀頭が埋もれていく。

何の問題もない。先端に感じるロディアの熱が、心地いい快感を連れてくる。

「お、お待ちなさい、レオン？」

「気にすることはないと言っているだろう。とてもいい感じだよ」

「ですが……ひ、ひぅ！　くぅ、んぅぅぅぅうっ！」

そのままそっと、挿入していく。ぢゅぷりと音を立てて、愛液が噴きこぼれた。

蜜の量からしても、ロディアの身体が俺とセックスしたがっていたのは間違いない。

「はぁ、はぁっ……うぅ……レオン……」

「大丈夫だ。ロディアの膣内《なか》、変わらずに気持ちいいぞ」

「本当ですの？　きちんと、おちんぽに伝わっていますの……？」

「余計な心配はいらない。ロディアとこうしているだけでも、ほんとうに幸せなのだから」

「ですが……うぅ、やっぱり……」

「……わかった。俺に対する不要な気遣いは、吹き飛ばしてやる」

「えっ？　ひ、ひぅ！」

正常位のまま、膝裏に腕を通して若干体勢を変える。

ロディアの内ももを合わせつつ、膝と膝をくっつける。

腰をさらに引き寄せて、繋がりを深くした。

自然と膣口が締まり、膣壁と肉竿、そして亀頭が膣内でぴったりとくっつき合う。

「うぁ……っ……！　あ、あぅ、これは……っ、ひぅ！　くぅ、んぅぅうっ♥」

腰を動かすと、複雑な形の膣壁とカリ首のくびれの部分が確実に触れ合い、擦れ合う。

お互いの熱がダイレクトに伝わるぶん、快感と興奮が共有されていく。

「あ、あっ♥　ひぅ、こ、これ、おちんぽが、おちんぽがっ……ふ、ふぁ、あぁあっ♥」

「どうだ、これでかなり、ロディアも気持ちいいだろう。小さなことを気にせず、今までどおり俺を求めてくれればいい」

「っ……♥　ば、ばか……こんな強引な……。レオンは、どこまでわたくしをときめかせるつもりですの？　どこまでレオンのことを、好きにさせるつもりですの？」

「無論、生きている間はずっと、ときめかせるつもりだが」

「あ、ぅ、うぁ♥　ばか、ばかっ……♥　そんなふうに言われたら、わたくし……あ、あ、あぁっ、幸せ、すぎて……んぁぁぁあっ、た、達してしまいますわっ……♥　ひ、ひぁぁぁあああッ！」

単純だからこそ、可愛い。

純粋なところが、さらに可愛い。

商人をしているときのロディアは気丈で隙がないくせに、ベッドの上だとむしろ隙しかないところに、俺もまた惚れ直してしまう。

「ふぁ……あ、あっ……♥ レオン、おちんぽでイかせてほしいですわ。レオンも、わたくしで気持ちよくなって、たくさん子種を注ぎ込んでくださいな……♥」

加減も焦らしも、今日は不要だ。

そこからは一直線に、ロディアを突き崩し、快感を貪っていく。

「んっ、ふ、ふぁっあひぁあっ♥ くぅっうぁあっ、あっ、あっ、んぁぁあぁあああああぁッ！　あぅぅっ、ずぶずぶって、ぐちゅぐちゅって、いやらしい音っ……おまんこ濡れて、溢れて、おちんぽといっぱい、好き好きってしちゃって……♥ ひ、ひぅ！　んぁぁぁぁあぅううッ！」

乱れ具合に、拍車が掛かる。

軽い絶頂を繰り返しているロディアの膣内は、とろとろに蕩けながらもはっきりとした凹凸を持っていて、抽送をするたびに絶えずペニスを刺激してくる。

だから、気持ちがいい。射精欲を直接刺激されるこの感覚がたまらない。

「ロディア、出すぞ。全部受け取れよ」

「ふぁ、は、はいっ……♥ も、もっと奥までくださいな。おちんぽを、赤ちゃんのお部屋にぎゅ〜っとくっつけて、種を注いでほしいんですの♥ わたくしも、ふ、ふぁ、ひぁあっ、わたくしもイって、あ、ぁ、あ、あっ、イってしまいますっ……！　っきゃぅぅ！　くぅうっうぁっあっ、ひぁ、あっあっあっんぁっあぁあああああああああぁッ！」

本日二回目の種付け。

ネイとは質の違う締めつけが、俺の精を受け止め、吸い上げていく。

おまんこが違えば、絶頂も違うし、締めつけも違う。膣内の感じるところもまちまちで、子宮口の感触にも差異がある。

これも、ハーレムの醍醐味だ。一夫多妻制ならではの贅沢だ。

そして。

また違う締めつけのおまんこが、俺を待ちわびている。

「っ……あ、あは、やっとロディアちゃん、満足してくれましたか？　もう私、待ちくたびれて待ちくたびれて……」

ベッドの隅ではフラウラが、例のディルドーを自分に突き立てて自慰をしていた。

媚薬がいい具合に効いていて、すっかり俺を迎える準備ができているようだ。

半身を起こしてベッドに腰掛けると、玩具を捨てたフラウラが跨《また》がってくる。

「このまま……よろしいですよね？」

「ああ。存分に感じてくれ」

「はい～♥　では、二回びゅっびゅしても元気なおちんぽ、いただきます♥」

明け透けな言動とは裏腹に、フラウラはゆっくりと、挿入感を味わうように腰を落としてくる。

背面座位の姿勢で繋がるふたり。程なくしてフラウラが腰を使い始める。

ふくよかなお尻を揺らめかせながら、円を描いたり、右に左に、はたまた前後にと、自在に動く

フラウラ。性器同士がじゃれ合う感覚は、彼女と交わっている証拠だ。

「んっ、ふ、ふぅ……♥　はぁ、はぁ、んぁっあぁぁあっ……♥　いかがでしょうか～、私のおまん

こも、変わっていませんか？」

「この締めつけに文句を言う男は、女性をわかっていない童貞ぐらいしかいないよ」

「あは♥　ありがとうございます。褒められると、やる気を出しちゃいますよ」

自由自在に、フラウラが動く。

性器同士が濃厚に擦れ合っていくと、媚薬成分がじわりとペニスにも浸透してくる。

二回の射精を経て、若干遠のいていた射精欲が、半ば強引に呼び戻される。

「ん、んぅ……ふぅ、くぅうんっ……♥　やっぱり、レオン様のおちんぽは立派ですよね……私のおまんこも……ネイさんやロディアちゃんみたいに……すぐ、イかされてしまいそう……。ん、んぅ♥　ひぅ！　あ、あっ、本当に……ふぁ、ふゃぁああああぁッ！」

ぐぢゅ、と派手な水音がする。

ロディアが深く腰を落とし、お尻の曲線を俺の腰に擦りつけてくる。

大きな喘ぎ声と、震え上がる腰。

彼女もまた、俺のペニスと交わってすぐに、軽い絶頂を迎えてしまう。

「はっ♥　ふぁ♥　はぁっ♥　えへへ～……すごい、きもち、いいっ……♥　わたしも、レオン様のせーえき、早くもらいたいです。種付け、いっぱいいっぱいしてほしいです♥」

媚薬の効きと、フラウラの内襞の感触が後押しして、玉の中では新たな精子が作られていく。

そして、その精子の製造スピードを上げるべく、他の妻たちが俺に寄り添ってきた。

「レオン？　三度目だからって、薄まった子種を放《はな》ってはいけませんわよ？」

「子作りは三人平等に、というのが鉄則ですので。ここは、レオン様がより濃い精液をフラウラ様に注げるよう、私とロディア様でご奉仕いたしますね……♥」

二つの小さな唇が、左右から迫る。

ネイがそっと、俺の唇を塞いでくる。ロディアが俺の首筋にキスの雨を降らしていく。

「レオン様……ん、ちゅ……れぅ、ぴちゅる……♥」

「れぅ、れる、れりゅぅ♥　フラウラのために、濃い精液、作ってあげてくださいな……♪」

細かなキスが快感の粒になって、身体中を駆け巡る。

ネイとロディアが、交互に唇を塞いでくる。質の違う、どちらも性的で気持ちがいいキスが、俺の理性をさらに丁寧に剥がしてくる。

「レオン様……ん、く……ちゅむ、れるぅ……♥」

「ふふっ、こういうのも好きですわよね……お耳に、息を……ふ〜〜〜っ♪」

上半身が蕩け、脳が快感でいっぱいになる。

そこを見計らって、フラウラが腰の回転を速めてくる。

「んっふ、ふぅ、くぅうっんぅぅぅっ……！　ふふっ♥　ふふふっ♥　レオン様、私なんかのために、精子をたくさん作ってくださってありがとうございます♥　今から私、思いっきりイっちゃいますから、しっかり種付けしてくださいね〜♪」

ずぷずぷとリズミカルに、膣口が上下してくる。子宮口が、カリ首を上から包み込みつつ舐め溶かしてくる。

とどめとばかりに、膣道全体がうねり始める。

フラウラの絶頂が、きつく甘い締めつけになって、ペニスを射精へと導いていく。

「つ！　レオン、様ぁっ……♥　あ、あ、あっあっあっ、ひぁうっ！　わ、私っ、射精されて、また……！　ぁぐっひっひぅううっ、んぅっうぁっあっあぁあああああああ〜〜〜ッ！」

妻たちに、等しく公平に、愛情と子種を注ぐ。

第二子を、そして更なる幸せを求めて、妻の子宮を満たしていく。

「ふぁ、あ、あぁっ……！　あは……♥　レオン様、大好きです、愛しています……♪」

こちらに振り向き、ふにゃっと笑うフラウラ。

「わたくしもですわよ。愛していますわ、レオン♥」

耳元で、熱っぽく囁くロディア。

「愛しのレオン様。私も頑張って、もっとたくさん子を産みます。ですから、赤ん坊のお部屋にもっと子種を注いでくださいませ」

淡々と、しかし最も欲深く、ネイが俺に迫ってくる。

こうして、妻たちとの甘い甘い夜は、延々と続いていく。

これが、俺が作り上げた幸せだ。

そして、俺の求めた幸せでもある。

ここ、シンセの町の繁栄を、子の代、孫の代へと伝えていくのが俺の役目だ。

やれ王を倒して世を正せだの、悪魔を倒し人類を救えだの、そんなスケールの大きい話は要らない。転生したからといって、救世主にならなければいけないというルールはどこにもない。

三人の妻と共に、手の届く範囲で幸せを求め、領民と共に生きる。

俺は、思うがままに生きる。

俺が望んだ幸せを、守るために。

あとがき

みなさま、ごきげんよう。愛内なのです。

貴族に生まれ、すでに成すべきこともそこそこやり遂げた主人公。チートな戦闘力を持ちながらも、平和な時代です。そんななか、能力の反動で性欲の強さを持てあましてしまった彼が迎えた妻たちは、健気でご奉仕大好きな美女ばかり。となればこれはもう、毎日することは決まってくるでしょう。頑張って働いたあとは、毎日しっかりとエッチする。

富豪貴族の、そんな充実した日々をお楽しみ下さい。

それでは謝辞など。

挿絵の「ＴＯＹＯＭＡＮ」さん。ご協力、ありがとうございます。

むっちりしたヒロインたちは、三人とも素晴らしかったです！　個人的には、ネイのデザインも大好きな感じでした。メイドさんでありつつ、気丈な奥さんでもある彼女の魅力が溢れていて、最高ですね。

またぜひ、機会がありましたら、よろしくお願いいたします！

それでは読者の皆様、次回も、もっとエッチにがんばりますので、別作品でまたお会いいたしましょう。バイバイ！

二〇二一年八月　愛内なの

キングノベルス
資《し》産《さん》1000億G《おくゴールド》の大《だい》富《ふ》豪《ごう》、
溺《でき》愛《あい》ハーレムをつくる

2021年 9月29日 初版第1刷 発行

■著　　者　愛内なの
■イラスト　TOYOMAN

発行人：久保田裕
発行元：株式会社パラダイム
〒166-0004
東京都杉並区阿佐谷南1-36-4
三幸ビル4A
TEL 03-5306-6921
印刷所：中央精版印刷株式会社

KN095

KiNG novels
ダメスキルが覚醒した皇子、
王位争いで大逆転!?
愛妻賢武の支えアリ!
継承戦の勝因は、
美女と生み出すNEWスキル♥
愛内なの
Nano Aiuchi
illust: 100円ロッカー
皇子カダルには、幻影を操るスキルがある。しかしそれだけでは王位には遠く、継承順位も低いままだ。それでもよいと思い、幼馴染みメイドのイサーラと優雅に暮らしていたが、父王の急逝によって状況は一変。争う兄妹達を押さえ、王となる決意を固めた彼は、スキルの新たな能力を目覚めさせ…。

赤川ミカミ
Mikami Akagawa
illust: 黄ばんだごはん
お嫁さん候補が甘々な母・姉・妹の
家族転生
生まれ変わりってどういうこと!?
お嫁さんたちが、俺を
好きすぎる!
甘やかされて
全員幸せ♥
侯爵家の子息として転生したハルトは、お嫁さん候補となる三人の女性とお見合いをすることに。一緒に暮らすことで相性を見ると言われるが、その相手は前世での義母のチアキ、姉のアヤカ、妹のマフユだった。前世でもハルトが大好きだった彼女たちは、この世界でもやっぱり彼には甘々で…。

KiNG novels
赤川ミカミ
Mikami Akagawa
illust: KaeruNoAshi
魔術ギルドを解雇されたけど、新魔法の権利独占しているから無敵です
新たに集う、頼れる仲間!
信じて、頼って、愛してくれる!
俺だけの愛妻ギルド♥できました。
ギルドを追い出されたガニアンだったが、貴族令嬢ラフィーの誘いに乗って、新天地で新たな研究を始めた。これまでに溜まったアイデアをすべてつぎ込むことで、画期的な魔石の精製法に辿り着く。ラフィーだけでなく、ご奉仕大好きな美女たちと共に、ギルドの成長とハーレムを楽しむことに!

KiNG novels
第七王子、政略結婚しまくってたらハーレムできました！
聖女・ケモミミ・お姫様
賢妻×3ともなれば！
ハーレムだけで
国が富む♥
赤川ミカミ
Mikami Akagawa
illust: 黄ばんだごはん
クレインは第七王子として、権力闘争とは無縁の暮らしを楽しんできた。しかし、王族として唯一逃れられない使命として、政略結婚の話がついに持ち上がる。神王国がもてあます美貌の「聖女」を妻に迎えるが、獣人族の娘や帝国の姫までを娶ることになり、離宮は愛妻たちとのハーレムとなって⁉

KiNG novels
川ミカミ
ikami Akagawa
lust: TOYOMAN
不足のこの世界…。
楽園なのはアタリマエ♥
最強勇者の2週目は逆転異世界でした！
今度こそのんびりハーレムな結末を目指します！
転生し、魔王討伐を果たしたアキノリは、平和になった世界を離れ、新たな異世界へとやって来た。勇者としてではなく、平穏な生活を求めてのことだったけれど、この世界は男女の価値観が逆転しており、精力旺盛な彼はモテモテになって…。